魔豆

懶散勇者物語 02

Brave Story

聖劍的預言

香草／著

懶散勇者物語 02

目錄

楔子 07
第一章　龍王 11
第二章　失落的龍族珍寶 33
第三章　神祕古蹟 53

第四章　冰雪國度……73
第五章　奪回靈魂……93
第六章　花都水城……111
第七章　水上激戰……133
第八章　水城舞會……149
第九章　毒氣沼澤……171
第十章　北方賢者……193
番外・那一年，我的青鳥……215
作者後記／香草……229

懶散勇者物語 CHARACTER

水靈

誕生於聖湖靈氣之中的精靈，似乎擁有自己的語言。是手掌般大小的少女形態。

夏思思

17歲長髮少女。被真神召喚至異世界的勇者。總喜歡穿著寬鬆衣服，讓人看不出她到底有沒有身材……個性有點懶散，也很怕麻煩，但卻聰明、思緒敏捷。
擁有強大精神力、能穿越任何結界。

卡斯帕/伊修卡

15歲，雙重身分（真神/祭司）。
化身為卡斯帕時，外貌絕美，身著精靈常穿的長衫。當身分為伊修卡祭司時，長相平凡，身穿祭司白袍。雖身分尊崇卻性格輕率跳脫，以旁觀勇者的旅途為樂。

埃德加

24歲，聖騎士團第七隊隊長。
難得一見的標準美男子。個性嚴謹，給人有點冷漠的感覺，卻有著外冷內熱、充滿正義感的一面，是名信仰虔誠的信徒。
魔武雙修，能力高強。

艾莉

實際年齡為25歲（雖然像15歲），隸屬埃德加麾下。很有鄰家小妹妹的感覺，但是其實非常喜歡惡作劇，又很毒舌，喜歡吐槽自家夥伴。然而，她過於年輕的外貌似乎隱藏著某個祕密……

奈伊

年齡不詳，是被教廷封印的高階魔族，但卻聲稱自己不食人肉！個性單純、不諳世事，被夏思思解除封印之後，便將她視為「最重要」與「絕對服從」的存在！

艾維斯

22歲，亡者森林裡的首領。
臉上常掛著若有似無的笑意，有著獨特又神祕的魅力。擁有一頭金紅及肩長髮、中性美的端正五官，性格卻聰慧狡詐。

楔子

經歷過時光的洗禮，大陸上曾經種族共存共容的美麗景色再也不復在。精靈封鎖森林、獸族遷出大陸、龍族與人類交惡……此刻在安普洛西亞國內也只能偶爾看見零星的矮人、妖精等種族。

正因如此，在成功打破賽得里克山谷的結界，親眼看見那些只存在於傳說與繪本裡的巨龍時，埃德加等人的心情才會如此激動不已。

當然，身為一名合格的騎士，埃德加在驚歎的同時也沒有放鬆戒備。心神七分注視著龍族，三分卻留意著勇者的動向，以防有任何突發狀況發生時，自己能夠第一時間做出反應，保護在夏思思的身前。

令埃德加哭笑不得的是，結界被打破後，眾人之中反應最為冷靜的人竟然是這個來自異世界的少女。與夏思思的冷靜相比，激動得滿臉通紅的他們表現得簡直就像初臨大城市的鄉巴佬。難道夏思思原來居住的地方是個龍族到處跑的世界嗎？

如果夏思思知道埃德加此刻腦中所想，絕對會很不客氣地「噗」地一聲笑出來。她之所以表現得比眾人冷靜，並不是她特別沉著淡定，只是在地球上，「龍」這種生物沒少在電視及電影中出現過，拜現代強大的科技所賜，要有多真實便有多眞實。雖說親眼看見巨龍時的震撼比單純從螢幕上看高出太多，但那些3D、4D電影所帶來的眞實度自然比繪本或古籍高得多了。

看著眼前那些活生生的巨龍，埃德加不由得生出一種虛幻而不眞實的感覺。想不到認識夏思思只有短短幾個月，他的生活卻因而有了翻天覆地的變化。

埃德加從來都是個循規蹈矩的人，可自從認識夏思思以後，卻總是不自覺地做出與他二十多年來的人生信念背道而馳的事情。而且一次比一次精彩，也一次比一次危險！

接納魔族、進入亡者森林、把自家隊伍的小隊長外借……這次更厲害，被勇者拉著闖進龍族的領土來找對方麻煩！

要是時光倒流回到初遇夏思思之時，早知道這個外表乖巧的女孩連「詢問龍族是否可以抽血」這種事情都做得出來的話，埃德加對於跟隨勇者一事必定會愼而重之地重新考慮。

現在嘛，便只能慨嘆自己遇人不淑了吧？

他也說不上遇上夏思思到底算是幸還是不幸，與少女愈是熟悉便愈是看不透對方。要說夏思思膽大嗎？她卻無敵怕死，稍有風吹草動便會立即退至安全的位置，絕不把自己曝露在任何危險中。

可說夏思思膽子小，她卻願意爲了拉攏龍族而親自前往龍之谷，還把奈伊這個高階魔族留在身邊。少女看起來獨善其身、對任何事情漠不關心，可實際上卻連魔族也願意包容。

愈是去了解她，便愈是發現他所了解的只是夏思思的冰山一角。

這讓埃德加不由得去猜測少女在穿越以前，到底是過著怎樣的生活，才可以讓她產生如此複雜多變，又如此矛盾的個性。

夏思思幾乎對她的過往隻字不提，對於回到原本的世界也沒有表現出太大的執著，她曾經的生活、朋友、親人，彷彿本來就是從未出現過的事物似地，遇事時處變不驚的態度，也絕不是一個尋常的十七歲少女所能表現出來。

這女孩是個有故事的人。

也許正因如此，令個性冷漠的埃德加開始對夏思思產生了興趣，從而逐漸習慣了少女天馬行空的想法，近期更進展成被她牽著鼻子走的窘境……這實在不是一個好兆頭。

可即使夏思思再胡鬧，到了最後所獲得的結果卻都是好的。這讓埃德加不禁生起少女「總是對的」的想法。如此一來……難道真的如夏思思所說般，魔族並不全都是邪惡的嗎？難道他……難道教廷「錯」了嗎？

夏思思告訴他要用自己的眼睛看清楚真相，不要盲目接收別人灌輸的信念。從來都沒有人和他說過這樣的話，無論是家裡的長輩、劍術老師，還是教廷的同僚，都告訴他眞神的話語才是世上的眞理，是不容置疑的正義！

可現在卻有人叫他要思考，告訴他世上擁有的顏色不只黑與白，偏偏這個質疑神教教義的人卻正是由眞神所挑選的勇者！

難道……難道是眞神想藉由夏思思之口告訴大家，他們眞的錯了嗎？

ch.1
龍王

就在闖入賽得里克山谷的勇者一行人總算成功找到居住在內的龍族之際，另一條以葛列格爲首的路線卻上演著艷福無邊的戲碼。

「呃……公主殿下，請問有什麼事情？」面對安朵娜特那猶如毒蛇看著獵物般的眼神，即使奈伊有多粗線條還是感到渾身不自在。

「唔～別這麼見外吧！直接稱呼人家的名字好了，小．奈．伊～」甜膩的聲音加上不停拋來的媚眼，在魔族身旁被殃及池魚的艾莉不禁驚駭地打了一個冷顫。

就在安朵娜特想著怎麼向青年示好了那麼久對方還是沒什麼反應之際，滿臉疑惑的奈伊忽然露出了恍然大悟的神情，向一臉深情款款凝望著自己的公主說道：「我明白了！妳這種是叫『色誘』的求偶行爲對吧？我還是第一次遇到呢！」

不單止安朵娜特，就連一旁的威利聞言也愣掉了。位於隊伍前頭的葛列格雖然看不到表情，可是大笑聲還是毫不客氣地爆發了出來。艾莉則是一臉強忍地抖呀抖，止住了笑聲卻止不住笑意帶來的淚水。

公主的臉色要說多難看便有多難看。眼前這個男的遠比想像中要難纏得多，不論自己怎麼引誘示好也不爲所動，而且最後的那番話……根本就是故意說來戲弄自己的吧？

可是自己絕不退縮！愈是困難採摘的果實便愈是甜美，只要能夠看到夏思思那個醜女大受打擊的臉，這小小的困難又算得了什麼？

想到這裡，安朵娜特又再次以大無畏的精神朝黑髮男子黏過去，被糾纏良久的奈伊終於決定把話說清楚：「呃……抱歉，雖然很感謝妳的厚愛，可是我並不想將妳列爲交配對象。而且妳這種求偶行爲也令我感到很困擾，可以請妳停止嗎？」

自小養尊處優、萬千寵愛在一身的安朵娜特何曾有過被拒絕的經驗？憑她的美貌與身分，身邊的男人都將她捧上天，更何況對方前半段的話還好，可是後半段拒絕的話裡卻包含了一些不堪入耳的「生理名詞」。結果在成功打擊到夏思思以前，安朵娜特就已經被奈伊無心的話語打擊得體無完膚了。

公主殿下正忍不住要回擊什麼難聽的話語，地上突如其來的強烈震動令她把要說的話吞了回去，並變成了陣陣尖叫。

本身不善於騎術的安朵娜特根本就不知道應該怎樣壓制身下受驚的坐騎，就在馬兒被驚得人立起來、她只能下意識闔起雙眼等待被摔下馬背之際，一隻強而有力的手臂環上了她的腰間，阻止少女的身體從馬背下滑，隨即安朵娜特便感到身後有人躍上了馬背，同時脫手的韁繩也被身後人的另一隻手緊握。

混亂間公主無法回頭察看身後的人是誰，只是背上傳來的溫暖卻安撫了她的恐懼，令她莫名其妙地感到安心。

很快地，震動變得益發強烈，地面裂開了一個大洞，從洞穴往內看便能看見黑色的皮毛在地底一閃而過。

奈伊躍至地面朝洞穴邊緣一拳打下去，只見魔族的手臂散出侵蝕性的黑氣，把躲在地底的生物逼了上來。

「那、那是什麼!?」安朵娜特驚懼地看著眼前灰黑色的怪物，怪物擁有尖銳的門牙、灰黑色的毛髮、長而細的尾巴，竟是所有女性的天敵，老鼠先生！只是這個的體積也太大了吧!?

公主身後之人的騎術很不錯，操控著馬匹俐落地避過了老鼠甩過來的巨大尾巴，冷靜地回答：「是地鼠，也許是受到地底闇系魔力所影響而變異了。最近這些變異的生物出現得愈來愈頻繁，也不是多稀奇的事情。」

認出了對方的聲音，此時安朵娜特才知道與她共乘一騎的人，竟是那個剛見面便向她做出攻擊動作的葛列格。

還未來得及吐槽「這也未免變異得太大了吧!?」的安朵娜特，再次因迎面撲過來的巨大身影而尖叫連連。老鼠的外表本就噁心，更何況是這種被放大百倍的狀況，公主只剩下尖叫的份兒。

眼看二人就要被窮追不捨的地鼠一掌拍扁，忽然一條銀索準確地纏住地鼠的頸部，讓牠攻擊的動作略微一頓。而威利則是趁著地鼠動作被束縛的瞬間，割破了對方的喉嚨。

「太好了！今天有肉吃呢！我早就厭倦了那些口感乏味的乾糧了。」只見握在艾莉手裡的銀索，一伸一捲間便消失無蹤，也不知道少女到底把它藏在身上的哪個位置。

「等一下！妳是說要吃這東西嗎？」安朵娜特立即震驚地表示反對，並且總算有餘裕提出心中的疑問：「況且這是什麼？地鼠哪有這麼巨型的？你們說的變異是什麼？」

葛列格與威利對望一眼，最後威利抹乾劍上的血跡，皺了皺眉道：「地鼠不是一直都是這種體型的嗎？」

咦？

「是因爲王城的結界。」縱然缺乏與人相處的常識與經驗，但無可否認，奈伊被封印的期間，靈魂依附在小動物身上一點一滴汲取的知識，是眾人中最爲廣博的。比起常年遊走各地的聖騎士艾莉，奈伊更快醒悟到雙方對地鼠的認知之所以有所差異的主因：「臨近闇之神的甦醒，在闇元素日漸活躍的環境下，不單妖獸以超乎尋常的速度進化，就連一些弱小的動植物也開始受到影響而產生變異，這種大型地鼠早在十年前已於各地出沒了。只是王城設有多重結界保護，不會受到闇元素的影響而已。」

「是這樣嗎？」公主訝異地看向地鼠的屍體。本以爲是這隻地鼠的體質出現了突變，想不到王城的生態系統才是特例。也許在王城外居住的平民心中，這些大型地鼠才是「正常」的吧？

「妳身爲王族，卻什麼也不知道呢！」躍下馬背的葛列格冷然的嗓音中，不知為何卻讓人感受到微慍的怒意。

面對對方的不滿，安朵娜特想要反駁卻說不出話來。本來少女在出城以後便已有這種感覺，現在體會就更深了。

王族作為國家的領導者，對於自己國家的認知竟貧乏到這種地步，其實最驚訝的人莫過於她自己。

看到安朵娜特並沒有像平常般反脣相譏，紅髮青年露出些許訝異的神情。也許成長的環境造就了這名女子的刁蠻任性，可是在大事上卻懂得反省並為此而悔悟，這個人的本質也許並不壞也說不定。

葛列格抬頭看了看太陽的位置，計算一下路程後，預測今天應該無法到達城鎮。男子指了指地鼠的屍骸，一副理所當然的樣子向安朵娜特說道：「今天的午飯便拜託妳了。」

「不！」安朵娜特尖銳地叫道：「先不說我從沒做過料理的經驗，最重要的是，這隻老鼠怎能吃下肚？」

面對公主高音量的抗議聲，葛列格卻不為所動：「料理方法這方面妳倒不用擔心，威利會教妳該怎樣辦。至於地鼠能不能吃進肚子這個問題也同樣不需要妳憂心，妳不吃的話是沒有人會強迫妳的。」

公主卻擺出了一副高傲的姿態道：「要我碰這種噁心的東西，想也別想。」

葛列格也不動怒，只是點了點頭道：「很好，我的隊伍並不需要沒用處的人。威利，將她綁回王城吧！」

看到少年聽命地向自己走過來，一旁的艾莉更是興致勃勃地提供先前用來對付地鼠的銀色繩索給威利當綁人的工具，公主衡量利害得失以後，即使再不情願，也只能屈服妥協了。

現在被人轟回去的話，那麼她先前所受的苦不就全都白費了嗎？

聽從威利的指示割下地鼠的大腿肉，安朵娜特看著眼前這堆血淋淋的生肉，差點兒便要忍不住把早飯吐出來。在她的認知中，料理從來就只有「製成品」三個字，身為尊貴的公主殿下，她何曾需要接觸這些未經處理的食材？

「妳可別看牠體積巨大便認為噁心。」威利不以為然地看了看公主痛苦的表情，邊指示她去掉肉上的毛皮：「要是體積細小的食材，妳還要清理內臟，那時候才真的叫作噁心呢！」

安朵娜特訝異地看著少年將少許白醋塗抹在生肉上再用清水洗去，感受到公主殿下的不解，威利耐心地詳細解釋：「異變地鼠的肉在去皮後會自動分泌出一層青色的帶毒油脂，煮食前先塗抹一點白醋便能制止這種情況。」

「想不到你對這種事情那麼了解。」

「小時候爲了生存，能吃的我們幾乎都曾抓來吃。」眼看熱水煮得差不多，威利便示意安朵娜特將切條的肉逐一丟進去：「不論是凶猛的野獸還是有毒的毒物，只要是能吃的大家都會拚著性命去捕捉。沒有這種經歷，我又怎能活到現在？」

看著年紀比自己小得多的少年，安朵娜特腦海中忽然閃現出她於城堡中所吃到的豐富膳食。

明明自己根本就吃不了這麼多的分量，卻總是任性地要求廚師每餐必須製作十多道菜，然而，每道菜她也只是吃兩口嚐嚐鮮而已。想到這兒，安朵娜特不禁有種難堪的感覺。

就在公主殿下在威利的指示下努力製作著料理之際，另外三人卻鬼祟地走到了遠處，隨即藏身於樹蔭之下。

「我們爲什麼要藏起來？」奈伊疑惑地看著笑得狡詐的艾莉，只見少女取出手中的銀索輕唸一個咒語，堅韌的銀索瞬間化成了液態，水銀似的水珠凌空聚集在一起變成一面銀色的鏡子。

「思思！」奈伊狂喜地看到鏡子裡浮現出日思夜想的少女的容貌，不由得驚喜地低呼了聲。

「噓！你想被那個刁蠻公主聽見嗎？」艾莉好笑地看著奈伊那副幾乎把整張臉都貼了上去、恨不得穿過鏡子到達另外那邊的幼稚舉動。

「夠了，奈伊。你這樣子我看不清楚。」鏡子裡頭傳出夏思思的聲音。果然少女只要一聲令下，奈伊便立即聽話地坐好，乖得不得了。害葛列格與艾莉二人產生出夏思思正向一頭黑色的大型犬下達「Sit」指令的錯覺……

「眞厲害。我還在納悶埃德加怎麼取了顆銀色珠子出來，想不到竟能變化成通訊用的鏡子。」夏思思的後方隱約可見艾維斯笑著向他們這邊擺擺手。可惜鏡子能映射的面積終究有限，埃德加與凱文並不在奈伊等人的視線範圍內。

「長話短說吧！」葛列格打斷興高采烈地與少女談天說地的奈伊，雖說正在處理地鼠肉的安朵娜特一時三刻脫不了身，但還是速戰速決爲妙。

艾莉點了點頭道：「對呢！那個野蠻公主追上我們了，她的目標大概是隊長與思思吧？很遺憾卻追錯了方向。」至於艾莉所指的「遺憾」到底是在爲公主殿下的辛勞惋惜同情，還是因爲麻煩追上自己那邊而遺憾不已就不得而知了。

「公主……」夏思思好像壓根兒忘了有這麼一個人存在，苦苦思索後才一副醒悟起來的樣子道：「喔！那個人緣很差的女人！」

「安朵娜特殿下來了嗎？」由於不在銀鏡的映照範圍內，只聞其聲不見其影的凱文訝異地道：「她那麼纏人，虧你能夠使開她來聯絡我們。」

「剛殺了一隻地鼠，我叫威利去教她做菜了。」葛列格說得輕描淡寫，卻不知這句話爲熟悉公主性格的勇者一行人帶來了多大的震撼。

竟然指使那個刁蠻公主去做菜!?

他們忽然覺得這個沉穩冷靜、不露喜怒的紅髮男子原來也非常人耶！

「殿下的話題先放在一旁，說回魔族的消息吧！奈伊，進展如何？」冷漠的嗓音從銀鏡傳來，埃德加顯然對公主的情報沒有多大的興趣。對騎士長來說只要不是追上他們這邊就好了，這個掀不起大風浪的女人並不是他需要關心的對象。

「很奇怪，我不知該怎麼說……只是，感覺對方好像故意要把我們引向北方。」雖說魔族對同類的氣息感覺很敏感，可是若真的要隱藏起來還是做得到的。然而在他追蹤對方的這段期間，敵人並沒有特意收斂自己的氣息。

「的確，單以對方並沒有取去狄倫的性命，而是選擇拿取靈魂這種麻煩方式，已足以讓人感到奇怪了。」夏思思想了想道：「可是狄倫的性命在對方手上，即使明知道是陷阱也只能繼續追下去。總而言之，一切要小心謹慎，可別賠了夫人又折兵喔。」

「那是什麼意思？」在旁的艾維斯興致勃勃地詢問這句從未接觸過的異世界語句。

「嗯……就是說領兵打仗的將軍不單戰敗後損兵折將傷亡慘重，連夫人也被敵人抓去了，總括來說，是得到了雙重損失的意思吧！」

「抱歉打擾你們的即興教學。」艾莉揉了揉眼睛，接著不可思議地指向夏思思的背後道：「怎麼我好像看到有什麼大型生物在你們身後飛來飛去似地……」少女爲了與艾維斯說話而略微把身體移後了一點，結果空出來的位置便顯現出夏思思背後的驚人風景！

「喔！那是龍啦！」夏思思一臉悠然地說道。

咦!?

就在艾莉等人全都震驚得愣掉之際，一個陌生的嗓音叫喚著夏思思的名字，只見勇者大人應了聲便要終止通話：「抱歉，諾頓喚我們過去了。」

「等、等一下！思思，妳剛剛說龍？」

急著離開的夏思思卻已沒有了繼續談下去的意思，只是向三人揮了揮手：「對啊！我們在賽得里克山谷。不談了，晚點再聯絡。你們要加油喔！」

影像隨即中斷。

直至鏡中的影像消失，變回光滑明亮的銀色以後，四周處於一片靜默，良久，葛列格這才率先回過神來：「想不到繼魔族以後，她連龍族也招惹了。」

「說眞的，我也很意外。」艾莉伸出了手，鏡子瞬間液化並變回先前的繩索狀態：「雖說思思曾經提議過要獲得其他種族的支持，可那時候我以為她只是說說而已。畢竟權力者總愛說些漂亮話，我本以為思思也不例外。」

想不到勇者不但沒有忘記之前所說的話，更將其付諸實行！

「我也要加油。」奈伊堅定地說道：「因爲思思也很努力。」

「喔！聽起來很可靠呢！那就拜託你了。」艾莉看著魔族異常認眞的樣子，忍俊不禁地笑了起來：「不過在此之前，還是先塡飽肚子要緊。該去試試殿下的手藝了。」

□

結束與奈伊他們的通話，夏思思迎向小跑過來的諾頓，問：「怎麼樣，能想起什麼了嗎？」

「完全沒有。」違背少女的期待，諾頓嘆息著回答得很乾脆。

看諾頓苦惱地皺起了眉頭的樣子，夏思思不由得回想起剛遇上龍族時的情景。

那時候，總算成功破除山谷結界的他們剛現身，便立即引起了群龍的注意，面對著毫不掩飾敵意的巨龍，即使是性子懶散的夏思思也不由得緊張起來，暗暗示意隱藏在髮絲間的水靈準備迎戰。

面對闖入山谷的入侵者，龍族當然不會客氣，雖然沒有一下子便出殺手，但龍族特有的龍威卻不留情地壓得眾人幾乎無法喘息。

還好這個被龍威壓制的狀況並沒有維持太久，早已蓄勢待發的水靈立即散發濃郁的水氣把龍威驅散。受到眞神守護的聖騎士更厲害，一股充滿神聖氣息的力量，自發性地把兩名聖騎士，以及位處於兩人中間的艾維斯保護起來。

剛擺脫龍威的夏思思，在鬆一口氣以後，立即轉身察看同伴們的狀況。看到聖騎士所發出的聖光護體以後，夏思思才剛安心下來，可下一秒卻又立即心頭一緊：

「諾頓呢？」

夏思思並沒有忘記，這個他們在途中遇上的青年只是個普通人啊！與諾頓一樣，沒有魔力護身的艾維斯正好處於聖光的中心位置所以沒事，可諾頓呢？

然而，當夏思思慌慌忙忙地驅使著水靈要把諾頓保護起來之際，卻發現青年像沒事人般站在原地張望。茫然的表情與其說青年用不知名的方法把龍威驅散掉，倒不如說龍威根本就對他沒有任何影響，他根本就感受不到絲毫來自龍威的威壓！

埃德加等人顯然也察覺到諾頓的特殊，全都驚訝地往青年身上打量著。

就在諾頓被眾人盯得渾身不自在之際，翱翔天際的巨龍竟然收起了敵意，並不約而同地降落在地上並向他們——正確來說是諾頓，伏身行禮！

群龍降落在地面後，近距離看去更加實質地感受到雙方體型的差距。首當其衝的諾頓被龍族的舉動嚇得後退數步，手足無措地不知道該回以什麼反應。

在一眾人類驚疑不定間，一個動聽的女子嗓音從伏身在地的巨龍身後響起：「放肆！在王封鎖魔力擬態爲人類的狀態下，你們竟敢以全盛力量的本體相對！」

隨著怒斥的聲音，一名有著銀色短髮、身穿淡黃色長裙的女子越過群龍走到了諾頓面前，隨即一臉激動地向青年行禮道：「陛下，您終於回來了！很高興看到您平安無事！」同時四周的巨龍也瞬間幻化成一群單膝下跪的男女。

夏思思等人唰唰唰地將目光由群龍轉移至諾頓身上。卻見青年臉上的茫然與不知所措並不像假的，他指了指自己，疑惑地反問：「你們在說的陛下，該、該不會是指我吧？」

「阿芙琳！陛下他……」聞言，幻化為人類的龍族立時引起一陣騷動，並慌亂地看向銀髮女子。

被稱為阿芙琳的女子快步走到了諾頓的面前並伸出手，青年有些驚愕地想要避開，但對方卻比他快一步把手貼上了諾頓的額角。

夏思思立時感受到兩人身上傳來一股不同於人類的魔力共鳴，然而諾頓的魔力卻不如阿芙琳般能夠在體內自然流動，而是不上不下地圍繞分散固定於體內的某些位置。

「這是……」阿芙琳訝異地瞪大紫色的雙瞳，臉上露出了慌亂的神情：「陛下，請恕我唐突，能否請您脫下上衣？」

諾頓聞言立即死抓住衣領往後退，神情活像被惡霸調戲的良家婦女。

現在諾頓好想哭。突如其來地被群龍朝拜，然後初次見面的銀髮美人忽然稱呼自己為「陛下」，接著女子又毫無預兆地向他做出撫額這種親暱曖昧的舉動……那也罷了！現在更變本加厲地要求自己眾目睽睽下脫衣服？到底是什麼狀況？簡直莫名其妙！

「諾頓，你就照著她所說的話去做好了。」夏思思忽然發言附和阿芙琳的怪異要求。身持元素精靈的她，發現諾頓體內被封鎖著的魔力與銀髮女子很相似，那種古老並浩瀚的氣息絕不是人類所擁有的。

並且在阿芙琳檢視諾頓魔力的時候，夏思思發現青年背部傳來一種怪異的不祥氣息，雖然這種氣息很微弱，但卻讓少女本能地心生畏懼。

「只是脫脫上衣又不會少塊肉，思思都這麼說了，你就照著辦吧！」凱文看到諾頓仍是猶疑不決，便有點唯恐天下不亂地鼓舞著青年。現在的狀況已明顯向著出人意表的路線發展，他們也很好奇諾頓的眞正身分。說眞的，凱文巴不得諾頓眞的是龍王，這樣子眾人的安全便有了保障。

最終諾頓雖還是不太願意，但在群眾壓力下仍是將上衣脫了下來。瞬間所有人都訝異地看著他的背部，偏偏那個位置諾頓本人又看不見。

「怎麼了嗎？」在頻頻回頭察看失敗後，諾頓將疑問的線視投向了勇者一行人。

「諾頓……」埃德加看著滿臉狐疑的男子，一張冷山臉變得益發凝重起來：「我想你的本體眞的是頭龍沒錯。」

聖騎士長之所以這麼說，是因爲諾頓的背部在本人無法察看到的地方，有著一個強大複雜、正在運轉著的封身魔法陣！

夏思思取出艾莉交給她的銀珠，指頭輕輕一點便讓它再次幻化成兩面小小的光滑銀鏡，一前一後正好可以讓諾頓看清楚位於他背後的魔法陣。

諾頓仔細地看了好一會兒，接著再沉默地思考了足足數分鐘，隨即很認眞地詢問：「然後呢？這個刺青是幹什麼的？」

眾人絕倒。

想不到他看了那麼久，最後卻是問出這種傻問題。凱文無奈地解釋：「這並不是刺青，是魔法陣，而且是最高級別的封身魔法陣。也就是說你並不是人類，只是由於魔法陣的影響，魔力與形態才限制在人類的水平而已。」

「……是嗎？」諾頓愣愣地反問。因此阿芙琳才稱呼自己爲「陛下」了？所以自己的眞正身分其實是龍囉？

想到這兒，諾頓忽然驚呼道：「等、等等！妳稱呼我為『陛下』的話，也就是說……」

被諾頓問話的阿芙琳立即下意識地挺直了身體，語氣恭敬地回答：「是的，陛下是我們龍族尊貴的王。」

ch.2
失落的龍族珍寶

數年前受傷昏迷的諾頓被一對老人從河邊撿了回家，從此以後便被他們收爲義子，一直以人類的身分生活。也許正因爲諾頓本就沒有以前記憶的緣故，因此對於自己眞正的身分是頭龍並沒有太大的排斥。

可現在卻被告知自己不單是頭龍，還是龍族之王，青年的接受程度再高，還是免不了質疑：「對於以前的事情我全都不記得了，或許我眞的不是人類，可是你們說我是龍王，這怎樣想也絕對是你們弄錯了吧？」

也不怪諾頓不相信阿芙琳的說詞，先不說他根本就不覺得自己是那麼厲害的人，基本上龍王是那麼容易弄丟、甚至被人封印的角色嗎？

「不。」即使當事人全盤否認龍王的身分，阿芙琳卻仍舊對此沒有任何動搖：「你是我們的王沒錯，因爲只有陛下您才能驅使由賽得里克山谷的強風所孕育出來的元素精靈。」

「你的身上帶有元素精靈？」就連本性冷漠的埃德加聞言也不禁動容。自從數百年前精靈族封鎖了伊迪蘭斯亞森林並完全淡出人類的生活以後，當年教廷的主教便奉眞神的意旨讓那些天地間孕育出來的無形生命繼承了「精靈」的種族名字。

元素精靈是非常稀有且珍貴的存在，不同於隨處可見、任由魔法師隨意驅使的普通精靈，他們擁有確實的形態及自主的思想，當然還有著讓人驚歎的強大魔力。

無處不在的精靈是魔法師調動天地間魔力時不可或缺的重要橋梁，他們只會誕生於充滿靈氣的寶地，並經歷漫長的時光以後才能進化成元素精靈。獲得珍貴稀有的元素精靈可謂全世界魔法師的終極夢想，也難怪埃德加與凱文一臉的激動，希望能一睹他的風采了。

面對眾人炙熱的視線，諾頓無言地把右手手臂伸出橫放在胸口前。隨著一股晶瑩亮麗的綠光，青年那修長有力的手臂上便站立了一隻翠綠的大鳥。青鳥有著優美的線條，仔細一看，那綠色的羽毛猶如吹動著的清風似地變幻著深淺不同的綠色。只見牠輕輕拍了拍翅膀，瞬間便吹起了一陣舒適清爽的涼風。

「天呀！眞是太美了。」就連不具魔力的艾維斯也不禁看得入迷，感受到青鳥身上散發出來古老而強大的靈力的聖騎士們，心裡更是充滿了敬畏。

髮稍的水靈再次發出魔力的震動，夏思思這次總算明白與諾頓相遇時，水靈爲什麼會急著想要現身了。大概長久居於聖湖的水靈，也是第一次在外面遇見同爲元素精靈的同伴吧？

彷彿回應水靈散發的魔力，青鳥鳴叫了一聲便飛到夏思思的肩上，並親暱地用頭拱少女的面頰，引得夏思思吃吃地笑了起來。

看到性子高傲、只效忠龍王一人的風靈竟主動親近一名人類少女，一眾龍族不禁露出了驚訝的神情。聖騎士則是若有所思地對望了一眼，青鳥的舉動印證了他們埋藏在心裡的猜測——夏思思的身上除了聖水以外，說不定還帶有其他在聖湖中獲得的強大力量！

身爲青鳥主人的諾頓，同樣面露驚訝：「別看青的外表乖巧溫馴，其實凶得很的。先前鄰居的孩子看牠長得漂亮想要摸摸牠，牠竟掀起一陣旋風要把人家吹跑。而且青也很怕生，我也是第一次看到牠主動去親近別人。」

諾頓口中的「青」顯然是風靈的名字。夏思思聞言不禁有點內疚，只因水靈跟隨她良久，她卻一直沒有爲對方取一個名字，只以統稱的「水靈」來稱呼她。

「水靈，妳想要一個名字嗎？」

夏思思這個想法才生起，立即便感受到從水靈傳遞而來的歡喜。

「……藍兒？」夏思思取名字實在沒什麼天分，應該說單從「奈伊」這個名字便可以看出少女根本就懶得花費心力去想，只會很乾脆直接地以對方的特徵來命名。要不是「小黑」太像狗名，「藍精靈」令她想起某套動畫，只怕夏思思會想也不想便直接取用這兩個名字。（藍精靈即為台灣慣稱的「藍色小精靈」。）

雖然夏思思實在沒有在取名字上花太多心力，但水靈還是對「藍兒」這個名字很滿意，因獲得名字而高興了好一陣子。

用手逗弄著肩上的青鳥，夏思思問道：「因為牠的脾氣不好，所以你才讓牠隱藏在你的手臂上嗎？」

滿臉驚訝地看著脾氣暴躁的青鳥在夏思思手中變得溫順無比，諾頓愣愣地點了點頭：「我總不能任由牠一個心情不好，便將身邊的人吹跑吧？當然還有其他原因。」

嘴角泛起苦笑，青年聳了聳肩續道：「試過好幾次，有商人看牠漂亮，糾纏著要我將青鳥轉賣給他。拒絕以後，隨之而來的便是偷竊滋擾威嚇，或明或暗的麻煩不斷。為了遠離麻煩，只好讓牠藏起來了，還好青能夠隱藏在我的手臂上。」

「爲了遠離痲煩呀……」夏思思吐了吐舌頭，心想對方隱藏元素精靈的目的與自己倒是一樣呢！

「身上帶著龍之谷的元素精靈，不就表示諾頓的確是龍族之王沒錯嗎？」艾維斯雙手一拍地下了定論，心想這就是所謂的鐵證如山吧？

對這個身分仍舊有所懷疑的諾頓張了張嘴，可惜卻說不出任何有力的反駁來推翻這個結論。

埃德加詢問爲首的龍族少女阿芙琳：「這到底是怎麼一回事？爲什麼龍族的王會被施加了封身魔法，甚至失去記憶在人群中生活？」

阿芙琳用厭惡的目光如利刃般掃過他們這些忽然闖入龍族地盤的人類，冷聲質問：「你們到底是什麼人？別以爲仗著護送陛下回來山谷這層恩惠，便能與我們龍族平起平坐，你們這些貪婪、污穢的人類！」

雖然阿芙琳說話很不客氣，可是她的目光卻在觸及夏思思時略微猶豫了一下。身爲力量與地位僅次於黃金龍的銀龍，她一開始便察覺到夏思思的與眾不同。這個人類少女的存在無刻不觸發著空間的波動，彷彿她根本就不應是這個空間所存在的生命體般。夏思思無意識下引領出的空間力量雖然微弱，卻令身具空間系力量的銀龍在夏思思身上感受到一種無法言喻的親切感。

「阿芙琳妳別這麼說吧！思思雖然打破了結界闖進來，但他們沒有惡意的。」諾頓連忙站出來努力消除龍族的敵意，雖然青年對自己的身世還只是半信半疑，但卻已利用龍王的身分來保護同伴。

看到諾頓發話，群龍便立即肅然而立地躬身道：「領命！」

雙方皆有著滿肚子的疑問，這樣站著說話也不方便。夏思思率先找了處有岩壁遮蔽的陰涼草地席地而坐，隨即眾人相繼仿效。經過漫長的歲月，人類與龍族的首次種族會議，便是在這種草率的氣氛下，以勇者與龍王爲首進行著。

「請問龍王流落到人類的領地，這到底是怎麼一回事？」艾維斯好脾氣地重複了一次先前的提問。夏思思忽然發現從認識時開始，這個人一直都笑咪咪的，彷彿永遠都不會生氣一樣。

「是隻笑面虎啊……果然能當首領並在亡者森林活下去的人，絕對是個厲害角色！」少女暗暗爲艾維斯定下一個不知道是褒是貶的評價。

有了善待眾人類的命令，面對著艾維斯的詢問，阿芙琳這次很乾脆地把事情如實相告：「半年前，一名渾身散發著魔族氣息的人類魔法師，帶領著無數妖獸闖進山谷中與我們進行了一場大戰。那名人類行事縝密而狡詐，還身具超越了龍的強大魔力。」

閉上雙眼，阿芙琳彷彿在回想著當時那場激烈的戰役，只聽少女續道：「對方出手前全沒預兆，更挑選了我們防衛力最脆弱的繁殖季節下手。妖獸悍不畏死而且殺之不盡，在牠們不顧性命的衝擊下，族人皆被分散。混亂中，我們並沒有發現那名魔法師在我們專心迎擊妖獸的時候，悄悄把我們龍族珍而重之的至寶偷走了。」

「龍族的至寶嗎？」凱文的腦海中瞬間浮現出各式各樣的珠寶金器，心想龍族愛財，能被他們稱之爲至寶的東西，必定是不同凡響的寶物吧？

埃德加所想的則是威力強大的武器或是魔咒，看到冰山隊長滿臉嚴肅地皺起眉，猜測到對方想著什麼的夏思思不由得撇了撇嘴，暗暗嘀咕著偉大的聖騎士長又在憂國憂民了。

「你們所說的龍族寶物，是指龍王的血親對吧？」艾維斯慵懶地倚著身旁的大石，一副漫不經心的樣子在刺探著。

青年簡單的一個問句，便勾起了阿芙琳的警戒心，女子一雙紫眸立時浮現出危險的色彩：「你怎會知道!?難道你認識攻擊我們的人類嗎？」

艾維斯還未出言回答，在旁對青鳥愛不釋手的夏思思已發話了：「我想艾維斯也只是隨便猜猜而已吧？何況這也不難猜測。畢竟傳說中龍族的數量比遠古精靈更爲稀少，對龍族來說還有什麼寶物比王族的血脈更加珍貴？」

聽夏思思說得有理，想來艾維斯眞的只是從推理中得出結論，並不像她猜想般存在著什麼陰謀，阿芙琳這才收起了鎖定在青年身上的殺意。

在收斂殺意的同時，阿芙琳不禁對眼前這兩名看起來瘦弱可欺的人類男女另眼相看。他們只憑著她的片言隻語，所做的猜測竟然能夠與現實分毫不差，這種瞬間便看穿事件重點的本領，實在令她不得不對二人重新估計，言語間不由得加上一絲敬意。

「是的，正如兩位的猜測，被擄走的正是我族的公主莎莉殿下。」

「公主！」夏思思聞言興高采烈地轉向諾頓：「你的女兒嗎？」

愣了愣，諾頓立即回以一個「不會吧!?」的驚嚇表情：「雖然我沒有了以前的記憶，但我猜這個『公主』應該是妹妹才對……」拜託！說我是龍族、還是龍王什麼的已經夠讓人震撼了，千萬不要再多一個女兒！

「莎莉殿下是陛下的親妹妹。」無視諾頓那握著拳無言歡呼的動作，以及夏思思失望的表情，阿芙琳續道：「當我們發現莎莉殿下被擄走時，敵人早已跑遠了，然而陛下卻沒有放棄，利用對方殘留的黑暗氣息窮追不捨。從那天起，我們便失去了王的音訊，至今已經半年多了。」

總算了解事件的來龍去脈，此時諾頓才慢慢接受了那龍王的身分。失去記憶的他，一臉期盼地詢問身邊這些或多或少都對魔法有著一定認知的人：「我身上的魔法陣你們有辦法解除掉嗎？」

「龍族的話是絕對不成的了。雖然以魔力水平來說，龍族遠高於人類，可是這個魔法陣是專門針對龍族的力量而設，可說是龍的剋星。」凱文的話令阿芙琳滿臉不甘地皺了皺眉，然而即使是高傲好強的她也不得不承認對方說得沒錯，龍族對於這個封印實在一點兒辦法也沒有。

「可惜我們也無法除去這個魔法陣。」埃德加解釋道：「這個封身魔法並不簡單，除了肉眼可見的主要法陣以外，還連接上無數單獨運行的小型魔法陣，結構可謂複雜無比。我想諾頓之所以會連記憶也一併消失，大概就是其中某幾個小型法陣的功效。」

「也就是說，要消除這個封身魔法，便必須同時間消除眾多小型法陣。在不清楚每個法陣之間有著什麼影響與關聯性的情況下，方法稍有不對便會造成無法挽回的後果。」

聽過埃德加的解說，夏思思雙手一拍，恍然大悟地補充：「我明白了！就好像炸彈上有數十條電線，不確定應該剪哪一條便隨意下手的話，就會加速引爆的意思吧？」

雖然完全不明白這名來自異界的勇者到底想表達什麼，但對方瞭然的反應已足以讓埃德加感到吃驚：「妳對魔法陣的事情也有所了解？」

這個女孩子就像某些湖泊，表面上看似很小，卻在潛入水下後才驚訝地發現竟是深不見底。

「因為伊修卡在每天的茶點時間總在我耳邊吵吵嚷嚷的，聽得多總會記起來的，這簡直就是洗腦啊！」說罷，夏思思更肆無忌憚地露出一個非常厭惡的表情。天知道當時她多想落跑！偏偏眼前的甜點令她無法割捨，真是愈想愈氣。

眾人對望一眼，最終都選擇了沉默不語。夏思思大概不會知道魔法陣這種艱澀深奧的知識，單憑旁聽便能融會貫通是一件多驚世駭俗的事情吧？

不希望夏思思過於受到龍族的注意，凱文裝作不經意地把話題帶了回去：「那就是說，唯一能讓諾頓恢復的方法，便只有讓施咒者親自解咒這個途徑。」

阿芙琳懊惱地說道：「偏偏我們連當時襲擊山谷的人類到底是誰也不知道。」

看到阿芙琳沮喪的神情，夏思思猶豫了一會兒後，最終不確定地說道：「嗯……我猜……當時攻擊你們的人，或許正是我們要找的那一位也說不定。」

沒有理會龍族聞言全都變得緊張無比的神色，艾維斯逕自附和道：「我也是這麼認為，畢竟帶有魔族氣息的人類本已很稀有，並且身具足以與龍族匹敵魔力的話，怎麼想也只有一人而已。」

埃德加接著補充：「並且賽得里克山谷的位置，正是在王城的西方。」凱文想起當初奈伊所指示的方向，也贊同地點了點頭。

自己的論點獲得同伴們的贊同與支持，本來對此不太確定的夏思思隨即信心倍增，更轉向阿芙琳提出建議：「如何？要不要讓你們的陛下跟隨我們到西方去？雖然我並不能保證我們要找的人，那位叛離王城的北方賢者就是封身魔法陣的施咒者，可是你們不會放過這僅餘的希望吧？說不定還可以在西方遇上被擄走的莎莉公主喔！」

冷冷地看著眼前的人類，阿芙琳也不繞圈子，單刀直入地詢問：「你們想要的是什麼？」她可沒忘記人類是一種貪婪自利的生物，竟說出幫助其他種族的話來，那必定是想要在龍族中得到某種好處。

「當然是不會毫無條件地幫助你們的了。」面對阿芙琳那種「我就知道」的不屑眼神，夏思思提出的要求卻出乎龍族少女的預料之外：「這次我們闖入賽得里克山谷的目的，便是希望在與魔族的抗戰中能獲得龍族的支持。當然我並不是要求龍族成爲人類對抗魔族的『武器』，只是希望能一起並肩作戰而已。畢竟世界眞的被魔族統治的話，對龍族來說也是很困擾的事情，對吧？」

彷彿要再三確定夏思思這番話的眞心般，阿芙琳定定地看著少女直視而來的眸子良久，這才展顏笑道：「你們想要再次與龍族並肩作戰嗎？眞是有趣的提案。」

阿芙琳的話讓一眾人類露出了茫然的神情，只因龍族與人類雖然曾經關係不錯，可是歷史上從沒記錄過人類曾與龍族一起作戰的事情。

然而下一秒阿芙琳的話，卻讓眾人狂喜不已。驚喜得再沒有閒裕來深究女子剛才那番話裡的深意：「我明白了。如果你們眞的能夠解除陛下身上的魔法，並尋得公主殿下的下落，身爲地位僅次黃金龍的神聖銀龍，我斗膽代表陛下、代表龍族答允你們的要求！」

□

「眞的嗎？你們眞的與龍族達成協議了？」多次重複「眞的嗎」這句話的威利，至今仍是一臉無法置信的神情。

思思那傢伙竟說得如此輕描淡寫，這是一件足以影響後世的豐功偉績啊！雖然這只是種族調和的第一步，可是對方可是龍族耶！是那個遠比人類古老強大，也是與人類最為交惡的那一個龍族耶！

「算是吧！不過我想要落實這個協議的話，替諾頓解除身上的魔法陣，以及尋找龍族公主莎莉這兩件事情，至少要達成其中一樣才算是有效吧？」

少女說罷，便轉了轉眼睛四周察看了下，問：「說起來，這次安朵娜特公主又在做什麼了？」看威利也在與大家通話，那麼公主殿下現在應該不是在作飯了吧？

「那個女人在賭氣啦！」威利幸災樂禍地笑道：「一到達城鎮，副首領便將她的那些煩人禮服給丟掉了。現在她只能穿款式簡單的平民服飾，氣得她把自己關在房間裡不肯出來呢！」

面對銀鏡中勇者一行人投射而來充滿興味的視線，葛列格簡潔地道：「我們會於明天早上離開，她不願意離開房間便由她好了。」完全是一副對公主的憤怒不以為然的模樣。

「我猜殿下最終還是只能妥協吧？」艾莉幸災樂禍地笑道：「先前葛列格要求她洗大家的衣服，還有清洗碗碟時，她還不是氣得快瘋掉的樣子，結果到最後還是只能乖乖照辦。誰教她在團隊中只能做出這些貢獻呢？」

「葛列格你……還眞是對殿下做出了各式各樣的教育呀……」凱文想起從前那個刁蠻公主的野蠻以及惡行，不禁感慨起來。

「接下來你們有什麼打算？」埃德加對於公主的話題完全沒有同伴們的興趣來得大，一言既出，便立即單刀直入地切入重點。

「我們明天準備到城鎮附近的古蹟查看。」奈伊回答道：「魔族的氣息追蹤至這裡以後便徹底消失了，我猜是對方故意除去的。這座城鎮很普通，唯一特殊之處便是遠在城鎮北面的古蹟，因此我們想到那裡看看能否找到什麼相關線索。何況我也對對方爲什麼故意把我們引到這兒感到很疑惑，希望能弄清是怎麼一回事。」

艾莉補充：「經打聽後，我們發現這座古蹟非常奇特。聽說那兒四季下雪，整個古蹟都結滿雪白的冰塊，就像是個雪的國度。明天一早我們會到古蹟查看一下，看看會不會有什麼發現。」

夏思思點了點頭示意了解：「希望能夠有所發現便好了。記得注意安全。」

「嗯，我會努力的。」言談間離銀鏡愈貼愈近的奈伊，不知不覺已佔據了銀鏡的三分之二面積。青年一雙漆黑的眸子閃閃生輝，令少女產生一種真的就在自己面前的錯覺：「為了能早日與思思相聚，我會盡快完成任務回到思思身邊的。我真的非常非常想念妳。」

好久沒看到他這種曖昧的言行了，夏思思有點適應不良地愣了愣，在各人充滿奇異色彩的眼神注視下，不禁尷尬起來。

奈伊這種言行，其實說穿了就只是像那些想黏在母親身邊的孩子而已吧？雖然理智上明白，可是當一個大男人一臉認真地向自己說出這麼難為情的話時，夏思思還是免不了一陣羞澀。

面對著一臉認真等待她回應的奈伊，夏思思無奈地想著自己必須要給他一點回應才行。於是少女也回以對方一個燦爛的笑容道：「嗯，那就拜託了，我也很掛念你。」

聞言，奈伊頓時浮現起既滿足又愉快的表情，夏思思立即趁著對方如此有幹勁的狀態下，打鐵趁熱地丟給魔族一個新任務：「尋找莎莉公主的事情也請你們留意一下。雖然猜測當年擄走她的人是北方賢者佛洛德，可是也不排除公主像諾頓那樣流落在外。因此奈伊你每到達一座新的城鎮時，都使用魔族的感應能力，嘗試在人群中尋覓龍族的氣息。」

說罷，便見夏思思拉過一旁的陌生青年，並將他推到銀鏡前介紹了一番。眾人這才知道這名長相很普通、笑得很友善爽朗的青年，便是先前話題裡的龍王，也是上一次通話時出言叫喚夏思思的人。

只見諾頓一臉輕鬆地向奈伊等人打了聲招呼，一點都不如想像中龍王那威武霸氣的樣子。這令艾莉不禁有感而發道：「還好泰勒留在亡者森林，不然繼勇者的幻想破滅後，他又要再心碎一次了。」

ch.3
神祕古蹟

第二天一早，奈伊等人便如期朝古蹟出發。

「讓安朵娜特殿下跟著我們過來眞的好嗎？」艾莉滿臉擔憂地回望了身後的公主一眼，即使路程已走了一半，但她還是主張把那個麻煩公主留在城鎮等待。

「即使把她留下，以這個公主的性格，最終還是會追上來吧？與其讓她到處去惹事，倒不如一開始便把人放在身邊比較安全。」葛列格很快便將艾莉的提議否決掉。

同樣回首看了一眼脫下禮服以後穿得像個村姑、興致勃勃東張西望的公主殿下一眼，負責收集情報的威利無奈地嘆了口氣，隨即詳盡地分析他昨晚打探得來的資訊道：「根據城鎮的居民所描述，這座古蹟自他們祖先遷移到此地時便已存在。從外表看來，除了盡是一些被冰包圍著的石雕及建築物以外，與一般的古蹟沒有太大不同。只是愈往內走氣溫便愈是寒冷，因此從未有人成功進入過山脈內部查看。只知道古蹟的面積很大，甚至可能覆蓋整個山脈內部。」

「古蹟有兩點不可思議的地方，其一是如此大型的古蹟卻沒有任何人知道其來歷，於長久的歷史中完全找不到絲毫的蛛絲馬跡。其二便是古蹟的範圍都被冰雪覆蓋著，就連四周的氣溫也異常冰冷。」

「說是很冰冷，具體說起來到底會冷至什麼程度？」安朵娜特語氣像故意找碴似地追問。至今她仍很介意身上那套寒酸的衣服，覺得令自己看起來就像身分低下的平民。

何況安朵娜特天生怕冷，因此她那在城堡裡的房間每到入秋便會長期燃燒火爐直至春末。現在前進的目的地卻偏偏是嚴寒的鬼地方，對公主殿下來說，怎樣想也不會是趟愉快的旅程。

早已了解過相關問題的威利，立即便告知了公主答案道：「古蹟的外圍就只是平常冬天下雪時的溫度。可是進入古蹟內部以後，氣溫便會大幅降低，那種程度據說比處於暴風雪中更為寒冷。」

看到安朵娜特嚇得倒抽一口氣，威利無奈地苦笑一下，續道：「即使如此，這還算是能夠忍受的程度。聽說當年曾有幾名考察者勉強前進，被他們發現古蹟內部存在著一個直通地底的巨大冰洞。當他們想要再深入查探的時候，位處冰洞正上方的考察者那身厚重的絨衣一瞬間便結成冰塊碎掉了。還好那名學者退得快，不然在那種狀況下整個人被結成冰塊也不是不可能的。」

艾莉皺起了眉道：「很有可能是結界的效果，不然溫度不可能會如此不正常地驟然下降的。」

「這些都不是重點好不好！」安朵娜特尖銳地叫道：「那可是一不小心便會整個人結冰的鬼地方！已經不是說忍耐一下便可以的問題。」她可不想變成冰雕！雖然內心深處認爲自己長得如此美麗動人，即使化爲冰雕也會是很了不起的藝術品，可是怎樣想還是覺得好恐怖耶！

「我的身體倒是不怕寒冷，問題是怎麼讓大家也能一起進去。」奈伊倒是直接省掉了這層擔憂。魔族的身體本就比人類強壯好幾倍，他們的血肉更是帶有魔力與毒素，任何酷熱與嚴寒都無法對他有任何影響。

「咦？爲什麼你不怕？」唯一不知道奈伊眞面目的公主好奇地詢問。而奈伊卻是緊記了夏思思那「不能隨便告訴別人你是魔族」的教誨，只是笑了笑地回答：

「因爲我的身體比較強壯。」

無視於公主在一旁對黑色魔族的尋根究柢，葛列格的心神依舊放在古蹟的話題上，道：「奈伊的魔力只能殺人是無法指望的了，可即使身為聖騎士的艾莉擁有聖光護身，要護著所有人還是太勉強了吧？」雖然並不懂魔法，但葛列格也猜想得到在那種環境下，單單保護自己已很吃力了，哪還再有餘力去顧及不具魔力的三人。

「那可說不定喔。本姑娘的最大武器並不是魔法。」說罷，艾莉笑著從懷中取出她那能夠自由伸縮，還能化成鏡子的銀索。

這束銀索的神奇葛列格他們是有目共睹的，可是還是怎樣也想不通這條小小的繩索怎麼能讓所有人安然進去。

艾莉該不會打算等他們結成冰柱後，用銀索來拖行大家進去吧？

「真是笨！那條繩索可是祕銀。」面對各人疑惑的視線，安朵娜特趾高氣揚地解釋道：「艾莉這個女人之所以能進入聖騎士團的主要原因，就是因為她能將這珍貴的祕銀控制自如，並同時習得長劍、彎刀、弓箭、銀鞭、匕首、飛鏢、槍矛以及棍杖八種武器的使用技能，是唯一能將祕銀的力量發揮至最大極限的武者。」

「我的主要能力是控制祕銀，習得的武器雖多卻未免貪多嚼不爛。真要說武藝高強的話，同屬第七隊的小隊長泰勒比我更是專精於武者的道路。」艾莉驕傲地笑道：「即使是魔力強大的隊長，他那以速度聞名的劍術還是毫不遜色於魔法的。就連每一個小隊的隊員都有各自的專長，魔武雙修是進入聖騎士團的基本條件。」

「抱歉，我還是不懂。」看著艾莉言笑間隨意地手指一點，繩索便化成了一顆飄浮於空中的銀白圓球，威利對那所知不多、名為「祕銀」的物質提出疑問道：「即使這東西很好用，也能幻化出各式各樣的武器，可是要怎樣讓大家都安然抵擋寒冷呢？」

艾莉那滿是雀斑的臉龐頓時浮現起俏皮的笑容，在少女的意念下，液態的銀球千變萬化地變換著各種形態。「你別看它體積小，看似不堪一擊。祕銀實是世上最耐寒耐熱、最堅固的物質。」

看到少年仍是一臉迷惑，公主很不客氣地對威利撇了撇嘴道：「就是說她會用祕銀來覆蓋著大家啦！豬頭！」

很不高興地看著安朵娜特滿滿的氣焰，那副居高臨下的樣子尤其令人討厭。這個女人只不過是湊巧來自王城，知道一點他們不懂的知識而已，需要這麼囂張嗎？

隨即威利很高興地發現，葛列格只是投出一個凍得足以冷死人的冰冷視線過

去，便嚇得那名刁蠻公主自發性地立即閉嘴。想來她也學乖了，知道葛列格根本就不吃她蠻橫無理那一套，反之，對方的一句話便足以令尊貴的公主殿下下地獄去。

「看、看什麼？」被嚇得噤若寒蟬好一會兒後，安朵娜特這才不服輸地瞪回去。只是那中氣不足的聲調及閃爍不定的眼神，怎樣也讓人覺得不夠氣勢就是了。

威利忽然想起了什麼似地將視線從互相瞪視的兩人身上移開，轉向很敬業地正在全神貫注感應著四周狀況的「雷達」奈伊身上。只因少年想起從地鼠事件過後，安朵娜特便不再糾纏魔族了，明明她先前還一副志在必得的樣子說……

少年的目光再從奈伊轉至仍舊在大眼瞪小眼的兩人身上，只見葛列格的神情雖沒什麼轉變，但仍可看出男子眼中那絲微不可見的笑意以及興味。公主雖然仍是一臉的怒氣沖沖，可是那憤憤不平的神情之中，細看下卻暗藏著一種莫名的信服。

不、不會吧？

威利頓時被腦海中那令人毛骨悚然的可怕想法嚇出一身冷汗，最後他還是決定問清楚比較好，不然他晚上可是會睡不著的！

只見威利小心翼翼地詢問公主：「呃……殿下妳是不是那種所謂的M？」看到

公主一臉莫名其妙，威利這才想起「M」這個詞語是夏思思半開玩笑教給他的異界名詞。於是少年懷著再接再厲的精神問道：「就是說……M是那種很喜歡被人欺凌……對別人的壓迫會感到很興奮很舒服的那種——」

很可惜，他難得鼓起勇氣詢問的話只說到一半，便在公主憤怒的拳頭下宣告中止了。

「死小孩！你在問什麼呀!?」安朵娜特按住那隻因打人而弄痛的手，氣呼呼的臉上生起了漂亮的紅暈。想不到自已身為堂堂一國公主，竟會被人問及這種猶如性騷擾般的詭異問題。

一旁的艾莉與葛列格同時被威利的詢問震得呆住了，奈伊則是一臉若有所思的表情。

被安朵娜特一拳打下馬的威利，一張被公主打得腫起來的臉反倒是露出了安心的神情。怎麼看公主也是個S，絕不可能與副隊長成為一對的……吧？

看來果然是自己想多了。

「那個……」就在眾人都決心要忘掉這個怪異的話題之際，奈伊卻開口了：

「這麼說起來，思思命令我或是罵我的時候我都會感到很高興，我就是你說的M了吧？」說罷，青年還一臉愉悅地笑了。

眾人：「……」

□

此時，身處遠方的夏思思打了個大大的噴嚏，止住之後，少女不禁疑惑地喃喃自語道：「怎麼自從離開了亡者森林以後，我總覺得有人在以我爲中心，說著怪異的話題？」

身旁的凱文忍不住更正道：「倒不如說，是在妳把奈伊撿回來以後比較貼切。」一旁的艾維斯聞言，毫不避諱地大笑了起來。

「奈伊是在通訊中看到的那名黑髮黑瞳的男子，對吧？」還未與奈伊碰過面的諾頓，回憶著在銀鏡中反映出來那名俊美男子的容貌。

「對。」似乎這個名叫奈伊的男子是個令人感到萬般無奈的角色，諾頓好奇地看著夏思思一說及奈伊，臉上便浮現起哭笑不得的神情道：「也不知該怎麼說他，那個人啊，總是將別人的意思會錯意，然後便隨便說出一些奇奇怪怪的話，我都快要被他氣死了。」

雖然嘴巴說生氣，可是夏思思的嘴角卻不由自主地勾了起來。

「諾頓，不用與你的家人道別過後再離開嗎？」艾維斯回頭一看，隨著他們的前進，諾頓所居住的村莊已變得愈來愈小了。

「我已留下字條把事情交代好了。看他們解毒後睡得那麼沉，也不知要到什麼時候才會醒來。反正又不是以後再也無法見面，不用特意留下來告別了。」當事人倒是看得很開，笑得既爽朗又瀟脫道：「即使我真正的身分是龍，但他們依舊是我的家人呀！」

埃德加向存放著龍血的玻璃瓶唸了一個小咒語，讓裡面的龍血長久保持新鮮，並妥善收藏好，道：「龍血不好保存，剩下來的龍血先存放在我這裡吧！」諾頓自然沒有異議。

至此有關龍血的事情總算告一段落，在這地區生活了好一陣子的諾頓便提議道：「沿著這條路一直走便能到達『水都』愛得萊卡城。我們可以順道在那兒打探一下消息。」

夏思思想了想，便點頭贊同：「好吧！反正順路。」

「那我要與思思一組！」一聲歡呼，艾維斯立即親暱地將少女拉進自己懷裡。

「我認爲分散搜查會更有效率，沒有分組的必要。」冰山隊長看到夏思思也不掙扎，只是苦笑著任由青年香溫軟玉抱滿懷，內心頓時無名火起。

看著自家隊長那比平時益發冰冷的臉，凱文不禁一機靈地打了個冷顫，心想奈伊他們口中所說的冰雪遺跡大概也只是差不多這種程度而已。

「那可是有必要的喔！」滿意地成功挑起埃德加的脾氣，酷愛玩火的艾維斯更是加重了手中的力道，將自己與少女的距離更爲拉近，道：「第一，要是沒有人監視的話，思思可是絕對會蹺掉搜查工作偷懶的。」

「啊！」被人說中心事，勇者大人不禁驚呼了聲。結果這一聲驚呼可謂是不打自招，所有人全都無言地看著她……似乎搭檔調查是眞的有必要了，至少對於夏思思來說是絕對有必要！

「其二，就是思思雖然是勇者，可怎麼說也是一個女孩子，我可不放心讓她獨自一人於晚上遊走在陌生的街道。」艾維斯挑釁地看向無話可說、眼神卻對著他抱住少女的手直瞪的埃德加愉悅地笑了。

「好冷。」就在凱文與諾頓快要被殃及池魚地遭冰山隊長的寒氣凍死，正考慮著是否應強行將兩人強行分開之際，夏思思很合時宜地提出了抗議，總算讓眾人逃過了莫名其妙被凍死的命運。

「隨你們喜歡好了，既然如此凱文與諾頓一組吧！我一個人搜查便可。」看到艾維斯乖乖放開了手，埃德加總算收起了滿身的殺氣，冷淡地拋下了一句話便結束了這個話題。

「眞是死要面子，他其實是很希望可以與思思一組的。」艾維斯拍了拍幾乎被自家隊長殺氣冷得變成冰棒的凱文的肩膀，一臉「同志，辛苦了」的表情。

「你就別再說風涼話了。即使隊長老實地表達出想要與思思同組的要求，你還是會耍著他玩的吧？」凱文幽幽地嘆了口氣，心想爲啥他要爲這種爭風吃醋的事情而勞心勞力呢？

艾維斯沒說什麼，只是逕自露出一個美麗的微笑，卻讓凱文與諾頓兩人同時感到一陣毛骨悚然。

□

當勇者一行人正爲分組的事情爭論不已之際，奈伊等人正嘗試進入那座被冰雪覆蓋的古蹟。

「四周的環境比想像中還要惡劣，爲了能充分發揮出祕銀的能力，請大家切記不要離我太遠。」艾莉嚴肅地叮囑過後，便將手上的銀色球體化成了四顆銀珠並往空中一拋，每顆銀珠各自落在除了奈伊以外的四人身上，一陣閃光過後便化爲薄膜包裹著眾人。

「眞厲害，完全感覺不到有東西覆蓋在身上，視線與行動也完全不受干擾。」威利一臉驚奇地拉了拉額前的頭髮，手上的觸感完全與被祕銀包圍以前無異。

爲了確保魔力的傳遞，艾莉右手拉著滿臉不願的安朵娜特，左手則是牽起威利的手，威利則是握著葛列格。除了不受寒意影響的奈伊，四人就像幼稚園小朋友外出郊遊般，手牽手一直線前進，看起來說有多詭異便有多詭異。

古蹟內部很廣闊，從建築物的破舊程度可看出古蹟經歷了非常漫長的時光，即使建築材料再堅固，也經不住時光的考驗而倒塌。

不單止遺跡的建築，就連四周的植物與沙石表面上也包裹了一層猶如水晶似的冰塊，在陽光下折射出七色虹光，非常迷幻耀目。

「奈伊，怎麼了？」艾莉看了看難得失神深思著的奈伊，疑惑地問。

「不，只是……」像是確認似地環視四周，奈伊彷彿在回憶著什麼般沉思著，最後男子泛起柔和的微笑道：「抱歉，這兒的景色有點像我被封印時待的山洞，因此我有點閃神了。」

威利不禁失笑道：「哪有人像你這樣，想起被封印的過去會露出這麼溫柔的表情？」

「因爲那裡是我與思思相遇的地方。」魔族的笑容中包含著滿滿感謝以及幸福的情感。與少女的相遇，對奈伊來說，足以蓋過了他被封印期間的漫長孤寂。

「有時候我眞不懂你。」對沉醉於回憶中的奈伊，葛列格冷冷地拋下了這麼沒頭沒尾的一句話。

他眞的不懂，亡者森林的孤兒們存活率之所以會低得可憐，絕大部分都與魔族的襲擊脫不了關係，說不怨恨是騙人的。

只是在與奈伊同行的這段旅程中，有好幾次讓葛列格差點忘了對方身爲魔族的事實，忘了對他的警戒，也忘了自己應有的仇恨，竟好幾次以「同伴」這種心情來對待這名黑髮男子。

葛列格想著想著不禁懊惱起來，此時艾莉卻咯咯地笑了。只見少女彷彿看穿了男子的想法與掙扎，回首衝著男子俏皮地眨了眨眸子：「身爲聖騎士的我，也曾經有過類似的煩惱喔！」

隨即艾莉的腦海中浮現出那名大而化之勇者的容貌，並回想起當時夏思思對她所露出的溫暖笑容，以及那盈滿智慧的目光是如此地溫柔與銳利，道：「我曾向思思提過我的煩惱，那時思思對我說：『那麼，艾莉認同的到底是「魔族」還是「奈伊」？若是後者，那艾莉只要與「奈伊」做朋友就好了。』當時她還取笑道，先前她才為這種問題而開解過我們隊長，怎麼聖騎士都是如此死腦筋的集團。」

「認同的是『魔族』還是『奈伊』嗎？」輕聲地喃喃自語過後，葛列格不禁失笑起來道：「這還用問嗎？」

此刻，於男子眼中的迷茫早已消失無蹤了。而同樣聽到兩人對話的威利，也是一臉若有所悟的樣子。

忽然感到握住右手的力道一緊，艾莉往旁看過去，觸目的是面容略帶蒼白、正在偷偷打量著奈伊的安朵娜特。少女這才想起公主並不知道奈伊的真正身分，就在艾莉想要安撫對方之際，卻看到身旁的安朵娜特吁了口氣，語帶逞強地說道：「有什麼大不了的，還不只是變態一名！」

三人怔了怔，忍不住都哄堂大笑起來。艾莉是笑得最厲害的一個：「哈……殿下也有可愛的一面嘛……哈哈……好痛苦……」

想不到眾人之中，竟是安朵娜特對奈伊的魔族身分表現得最灑脫、最看得開。

「妳說『也有』是什麼意思！」安朵娜特聞言立即張牙舞爪起來道：「本公主可是無時無刻都如此可愛美麗、討人喜歡的！」

一直盡忠職守地監察著四周動靜的「雷達」奈伊並沒有注意到眾人所討論的話題與自己有關，直至被三人的大笑聲驚到時才一臉莫名其妙地看過去。雖然不知道他們爲什麼笑得那麼高興，可是看到眾人愉快的神情，奈伊還是不由自主地被氣氛所影響，也跟著勾起嘴角笑了起來。

ch.4 冰雪國度

突如其來的笑意讓眾人緊張的心情放鬆了點，很快地，一行人便看見了情報中所提及過的洞穴。

由於受到祕銀保護的關係，進入古蹟至今還不覺有什麼異狀。只是在外面的時候雖說細微，但還是能夠聽到從森林傳來陣陣的蟲鳴及鳥聲，然而這些細微的聲音卻在接近洞穴以後倏地變得寂靜下來，安靜得就連自己的呼吸聲也清晰可聞。

「果然是結界，這裡的環境真是令人不舒服。」身處如此強大的冰雪結界裡，不要說是人類了，大概就連細菌也無法生存吧？艾莉看了看神色自若的奈伊，此刻實在不得不佩服純種魔族那頑強的生命力。

「走快點，盡早離開這個鬼地方吧！」在離洞穴不到三十步的距離，早已滿臉不耐的安朵娜特忽然爆發起來。只見女子一手拉著艾莉便往前衝，頓時像連鎖反應般，手拉手的威利與葛列格也只能跟隨著小跑了起來。

唯一不受牽連的奈伊正要舉步追上去，但聽覺比人類敏銳得多的他卻因一陣斷裂的聲音而倏地停下腳步，並立即作出警告道：「小心！前面的地面是薄冰！」可惜已太遲了。

一陣巨響，四人奔跑所造成的震動令本就脆弱易碎的冰塊破裂開來，驚呼聲還沒來得及發出，人便已急速往下跌。

「殿下！」艾莉尖叫了一聲。只因於下墜的強烈拉力中，公主再也支持不住鬆開了緊握著聖騎士的手，頓時在半空中拋了開去。

所有精神力都用在維持祕銀上，艾莉再也沒有任何力量使出飄浮魔法了。雖被祕銀包圍住的他們並不怕由高處墜下的衝擊，可是若沒有祕銀操作者的直接接觸，那覆蓋在公主身上的祕銀頂多只能支持半小時而已。

「嘖！眞是懂得惹麻煩。」耳邊傳來聲夾雜了無奈、擔憂、不耐煩等眾多感情的聲音，艾莉只看到身邊人影一閃，竟是放開了威利的手、朝公主那方掠出的葛列格！

「副首領！」威利伸出手想將對方拉回，卻在空中錯過了。

少年在焦急的同時也萬分不解，艾莉不是曾千叮萬囑祕銀發動期間絕不能離開她身邊的嗎？怎麼副首領竟主動放開自己的手了？現在這種狀況也不知道彼此會分散得有多遠，即使要救人，這也太冒險了吧？

看到紅髮男子成功抱住了半空中急速下墜的安朵娜特，仍手牽手的兩人總算暫時鬆了口氣。若連葛列格也與公主分散開來的話，那就眞的不知道該如何是好了。

「我們會設法上去的！就在冰塊破裂的地點會合吧！」與艾莉他們愈分愈遠的葛列格最終大吼出這句話後，他與安朵娜特的身影便完全消失在艾莉的視線，淹沒在地底的黑暗中。

還好有祕銀的保護，雖因墜落地面的反撞力而被弄得頭昏眼花，但身體倒是絲毫無損。威利搖了搖有點暈眩的腦袋，希望能讓自己清醒一點。就在少年仍舊頭昏眼花之際，一道細小的火光出現在他眼前，即使光芒很微弱，但在漆黑的地底下卻顯得炫目。

將指尖的火光移近威利，確認對方毫髮未傷後，艾莉轉而打量著四周的環境。地底的空間比想像中空曠，現在他們所處的地方是一片什麼都沒有的空地，一時間要往哪個方向前進倒眞的讓人舉棋不定。

「那個火光就不能弄大一點嗎？」同樣在觀察四周的少年問道，這微光頂多讓兩人看得到十步內的景物而已。

「要同時間維持祕銀的運作，這種程度已經是極限了。」艾莉沒好氣地回答。若她還有餘力使出完整的火焰球，那麼剛才早就用飄浮魔法讓大家都升回地面了，哪還會搞到如此狼狽的境地？

呆站著也不是辦法，雖說迷路時最好的應對方法是站在原地等待別人救援，可是目前這種狀況怎樣看也只能靠自己了。艾莉拉起少年便隨意找個方向向前走，現在首要便是找到返回上面的路。只求再度遇上安朵娜特與葛列格時，他們不會變成了裝飾古蹟的冰雕吧！

「呀！」忽然想起了什麼似的威利猛然停下腳步，一臉緊張地說道：「這種伸手不見五指的漆黑環境，公主與副首領該怎樣前進？」

少年的擔心也不是沒道理，那兩人又不像艾莉般懂得使用魔法，這麼一來不要說是找路了，就連辨別方向前進也很困難吧？

「因此那傢伙才說在上方碰面嘛！」走了一會兒，總算看到幾根倒塌了的石柱，艾莉趕緊過去查看這是否爲連接遺跡的一部分，「跌下來的時候，我便留意到了，這四周的岩壁滿布了足以成爲立足點的風化洞。因此只要找到地底邊緣，那便能沿著岩壁往上爬，那總比冒險在一片漆黑的地底盲目前進好。若運氣好的話，說不定還正好墜在岩壁旁，那麼就更是萬事大吉了。」

「原來如此……等等！那些是什麼？不對，是右邊……」忽然看到在少女指尖的火焰下反射出的閃光，威利立即指示對方將火光照回去。

「這是！」在微弱的光亮下，威利看著眼前的景物完全說不出話來。

艾莉也是同樣驚訝萬分，過了良久，才以不可思議的語調說道：「想不到竟然在這種地方……必須要快點通知思思才行了。」

□

同樣跌落地底的葛列格與安朵娜特顯然運氣不太好，兩人連續走了十分鐘也未碰到任何像是岩壁或建築物的東西。

雖然因黑暗而看不到對方的臉，可是從那沒放開過緊握著自己的手，以及止不住的顫抖，葛列格還是知道公主在害怕。兩人默默無言地前進了一會兒，忽然一聲細微的嗚咽從旁響起：「對不起……」

有點訝異，但紅髮男仍是保持著前進的步伐，就連音調也聽不出與平常有什麼不同，高傲又帶刺道：「那也是。雖說地面的冰塊本就脆弱，但若不是妳亂衝亂撞，大家也未必會掉下去。」

隨著他的話一出，葛列格立即感覺到握著的手溫度瞬間飆升，隨之而來的便是安朵娜特那野蠻又無理的辯駁：「你這是什麼態度？本公主可是平生第一次說出『對不起』三個字，你不但沒有一句安慰的話，還要責怪是我的錯!?」

看到葛列格並沒有理會她的意思，安朵娜特的膽子便大了起來，繼續惡狠狠地罵道：「而且你放開那小子的手做什麼？過來我這邊又幫不上什麼忙，難道你認爲兩座冰雕比一座壯觀嗎？眞是蠢斃了！」

公主罵著罵著，卻絲毫不覺話中內容根本就是彆扭地在表示對葛列格的關心。

聽著安朵娜特恢復精神的吵吵鬧鬧，葛列格不禁滿意地勾起了嘴角。只是在這漆黑的環境下公主卻看不見，只是繼續吵嚷著。

□

「怎麼辦？」此時奈伊則是苦著臉凝望著因四周薄冰倒塌而變得更大的洞穴。

孤伶伶待在上方的他很想跟著跳下去，只是魔族的視力再好，在沒有絲毫光亮的地底仍是會如人類一樣成了瞎子。更何況他身上並沒有覆蓋祕銀，若這樣從高處往下掉，只怕在成爲瞎子以前便會先變成屍體了。

要知道魔族的體質只是比較強，並不代表是不死之身，摔成十段八段的話還是會死的！

最終奈伊只能在洞穴旁急得團團轉，就在青年方寸大亂之際，一陣奇妙的感覺卻從古蹟深處傳來。那是種既強大又古老的氣息，與他從勇者夏思思身上所感受到的感覺非常相似。

朝力量來源走去，奈伊驚訝地發現愈往內走，建築物的完整度便愈高，到後來再也看不見倒塌的建築了。

心臟猛然重重鼓動，刺骨的殺意令心生警兆的奈伊倏地往旁閃去，魔族特有的野生直覺令青年成功躲過了射向他的數十支冰箭。沒有給予奈伊任何喘息時間，猶如雨點般密集的冰箭繼續接踵而至。眼看去路全被晶瑩剔透的冰箭封鎖，得知無法全部避開的奈伊果斷地打消了閃避的念頭，改爲手一揮，一股紫黑色的煙霧隨即像靈蛇般纏繞在青年四周，冰箭瞬間便被煙霧所吞噬，連絲毫痕跡也看不到。

「是魔族！」驚呼聲暴露了敵人的位置，奈伊雙腿一蹬，便向著聲音的來源衝去，果然越過石柱便看見幾名走避不及的銀髮少女。

奈伊向位置最接近自己的一名女孩伸出了凝聚著魔力的手，少女剛射出的弓箭經奈伊的手一撥，便立時如砂礫般潰解。銀髮少女眼見自己的攻擊無效正想先行撤退，人卻已經被奈伊緊緊抓住，「所有人不許動！」

手握人質的奈伊環視四周，位於遠處的敵人躲藏在建築物後，手握弓箭蓄勢待發，近距離的敵人則放棄手上的弓，改握長而細的彎刀。所有人無一不是穿著紫衣、銀髮銀眸的美麗女性，即使看到同伴被抓，表情也沒有絲毫改變，仍是一臉猶如洋娃娃般沒有情緒起伏的木然神情。

「不用顧忌我，神殿絕不能淪陷至魔族手中。」被捉爲人質的少女強烈地掙扎了幾下，發現無法掙脫奈伊的挾制後便以聽不出情感、毫無抑揚頓挫的語調如此說道。

人質的話讓一眾投鼠忌器的銀髮女子冷然如冰的雙目閃過一絲波動，隨即冰冷的殺意再次充斥了整個空間。

奈伊不想殺人，可此時面對著殺氣騰騰的敵人，卻不是心軟的時候。蓄勢待發的青年已下定決心，只要這些女子眞的不管同伴的死活出手攻擊，那麼他也不會再手下留情了！

就在奈伊進退兩難之際，一個猶如細雪般輕柔飄渺的聲音輕聲地詢問著：「你就是『夜』嗎？預言中那與光輝同在，以保護光亮爲己任的『夜』？」

「克絲蒂娜大人！」一直都面無表情的眾女子，此時總算露出了一絲擔憂的神情，看著毫無警戒心走到魔族面前的小女孩。

那是一個年約六歲的女孩兒，擁有著與眾女子一樣的銀白髮絲以及銀灰色的雙眸，小小年紀的她出落得比在場所有女子都美麗，神情亦比所有人更爲清冷。同樣是一身紫色的衣裳，但不同的是那身紫衣長而飄逸，與其他女子剪裁簡單貼身的服飾有著明顯的區分。

女孩一張不食人間煙火的典雅臉龐微微仰起，銀灰色的眸子毫無敵意地凝望著奈伊，那是種彷彿不屬於塵世間般朦朧的美。不知爲什麼，奈伊直覺知道對方不會再發動攻擊，於是他放開了手裡的人質，並回答女孩的詢問，「我的名字是『奈伊』，思思說過在她所在的世界裡，那是『夜』的意思。可是我不曉得妳所說的預言，也不懂。」

女孩只是輕輕地頷首示意，本來殺氣騰騰的一眾銀髮女子便領命將對準男子的武器移開，充分顯現出這個小女孩的超然地位。只見克絲蒂娜依舊以那飄渺的語調緩緩詢問：「你的身邊應該有吧？對你來說絕對不滅的光明。」

隨著克絲蒂娜的詢問，奈伊腦海裡頓時閃過夏思思的容顏。那是第一個明知他身爲魔族卻沒有恐懼與厭惡，毫不在乎地對他露出如晨光般燦爛笑容的人。

「啊啊！也是呢！」

猶如希望之光似地，耀眼得讓他無法不去在意及保護的人……

滿意地露出了一個幾不可見的淺笑，女孩伸出手抓著奈伊的衣襬示意對方往前走。明明眼前是一大片空地，她卻拉著奈伊走著曲折的路線，左繞右拐地不知拐了多少個彎以後，奈伊驚訝地看著忽然出現在眼前的宏偉神殿，喃喃自語道：「這也是結界的效果嗎？」

除了神殿，四周還有不少由冰塊建成的民居，竟是一個由冰雪所建成的國度！看到克絲蒂娜的出現，居民不約而同地向女孩躬身行禮，可見得這個年幼的小女孩身分非常高貴。奈伊這才發現所有國民竟全都是銀髮銀眸的女性，這才恍然大悟般說道：「妳們是雪女？」

雪女這個人數稀少的種族幾乎已是傳說般的存在了。據說她們不須與男性通婚便能產下子嗣，而且生出來的全是女性。由於她們的四周會散發出其他種族無法承受的寒氣，因此雪女總是與世隔絕地生活著。要不是偶爾會有登山者在雪山上遇上她們，這個種族還眞的會是個不爲人知的存在。

面對奈伊的詢問，克絲蒂娜只是一臉淡然地點了點頭。獲得確實的答覆後，奈伊更是疑惑了道：「據我所知，雪女大多生活在人跡罕至的雪山及冰川內，爲什麼要大費周章地設下多重結界，於古蹟內部建立國家呢？」

只要不是生活上的人情世故，在知識領域上奈伊還是見識卓越的。

「因爲聖物的碎片在這兒。」彷彿過了一世紀，女孩這才以細柔飄渺，卻又緩慢得不得了的節奏回答。

「呃……所以？」有點答非所問的感覺，對方竟打算用一句話便要打發他了？

克絲蒂娜抬頭深深地看著奈伊，那銀灰色的眼眸彷彿在訴說著千言萬語。可是該死的，他並不懂讀心術呀……面對如此困境，奈伊也只能苦笑了。

「妳的意思是，爲了守護那碎片，所以妳的族人才對我發動攻擊？」

女孩點了點頭。

「並且由於那個『聖物碎片』，因此妳們這才聚居起來？」

再次地，她點了點頭。

「而設下多重結界，也是爲了守護那東西？」

依舊不發一言，女孩再一次無言地點點頭。

「喔……」眞厲害！克絲蒂娜單單利用一句話便同時衍生出多個主題，除了苦笑，奈伊還是只能苦笑以對。

兩人進入神殿，本一直跟隨在身後的戰士們全都止步於神殿的大門前，瞬間四周便只剩下奈伊與女孩兩人。

見狀，奈伊有點不安地詢問道：「讓我進來沒關係嗎？」

女孩頭也不回地說道：「沒關係，因爲你是預言中的『夜』。」

神殿的正中位置聳立著一面巨大而平滑的冰牆，上面交替地浮現著不規則的光與影。將視線投向變幻不斷的冰牆上，克絲蒂娜輕輕地道：「這冰牆，正是訴說著最後之戰的預言。」

她的目光如夢、如幻，於冰牆的幻影下虛幻而不眞實起來。

□

與此同時，艾莉與威利正焦急地往上方趕去，因爲時間已經不多了。

「要休息一下嗎？」位處上方的少年依舊一副遊刃有餘的神情。雖說是武藝超群的聖騎士，但一生中沒多少攀岩經驗的艾莉，卻表現得力不從心。

剛開始的時候她還能追上威利的速度，然而一段時間過後，便後勁不繼地慢下來了。攀岩時只能依靠腳尖以及雙手來支撐身體的重量，腳倒還好，可艾莉因長時間使力抓緊岩石的手指已開始麻木並僵硬起來。

置身於石壁的風化洞中短暫休息，艾莉揉搓著僵硬的指頭，看向若無其事威利的目光既羨慕又嫉妒，「你很擅長攀岩？」

老實說，若不是少年走在前頭，讓她跟著對方所經過的踏足點前進，艾莉早已不知摔下岩壁多少次了。

「在亡者森林中，年紀較大的人負責捕獵野獸，而年紀較小的我們便採摘能吃的植物及菇類。爲了生存，我早已攀過附近所有崖壁了。」威利說這番話並非自憐，而是充滿了對於艱苦環境下掙扎求存而成功生存下去的驕傲。

彷彿初次以肯定的眼神看向少年，良久後，艾莉忽然用力戳向威利的額頭，撇了撇嘴道：「有什麼了不起的，小孩子可別給我那麼神氣！」

攻擊太突然，結果正中紅心。按住疼痛的額頭威利不滿地叫嚷：「什麼小孩子！妳還不是和我差不多年紀！」

臭屁地仰起了頭，不可一世地以鼻孔看向呼痛的少年，艾莉語出驚人道：「本小姐今年已經二十五了，你不是小孩子是什麼？論起年紀來，埃德加還要喚我一聲姊姊呢！」

「騙人的吧？」望向那張滿布雀斑、稚氣得不得了的面孔，怎樣看也絕不超過十五歲！

「騙你做什麼。」沒好氣地說道，艾莉便毫不客氣地踢了踢坐在地上休息的威利道：「休息夠了吧？小孩子不就只有體力好這項優點嗎？可別偷懶呀！」

「『只有』是什麼意思!?」威利嘴巴上雖不服氣，人卻還是乖乖地站了起來。看到少年的視線不著痕跡地打量自己那無法抑制顫抖的手，艾莉眼珠一轉，笑道：「怎麼了，你在擔心我嗎？」

臉一紅，心口不一的話語隨之而來，「少自戀了，誰擔心妳！」

「放心吧！我絕對會堅持到最後的。」不知爲何，那明明是逞強、卻又充滿信心的臉龐讓威利一時間移不開視線，「在確認那兩個白痴沒事，以及告訴思思那項重要情報以前，我絕不會倒下的。」

緩緩泛起一個既俏皮、又爽朗的笑容道：「因爲對身爲軍人的我來說，完成任務就是我的驕傲。」

□

「天呀！好冷。」不光是身體，就連聲音也顫抖起來的安朵娜特情不自禁地把身子貼近旁邊的葛列格。男子依舊沒有說出絲毫安慰的話語，手卻無聲地環上公主的肩膀，讓她更貼近自己。

本想罵對方無禮，然而如此一來卻眞的感到比較溫暖了，因此安朵娜特也就將要罵出口的話呑了回去。然後她驀然發現，被這名男子擁抱著的感覺竟沒有想像中討厭。

這大概是因爲自己眞的太冷了吧？安朵娜特暗暗爲自己的反常作出解釋。

暗無天日的環境會讓人對時間流逝的感知變得遲頓，他們彷彿只前進了五分鐘，但又好像步行了一個世紀。只有身上益發寒冷的感覺正在無情又清晰地訴說著他們的時間已經所剩無幾了。

最糟糕的就是，他們至今仍找不到往上走的路！

兩人默默無言地麻木前進著，公主只覺四周的寒冷愈來愈難以忍受。而在這強烈的寒氣下四肢逐漸變得僵硬無力，而意識也慢慢模糊了起來，整個人懶洋洋的很想睡覺。

安朵娜特腿一軟，環繞住她肩膀的手有力地收緊，及時讓公主避過了摔倒的命運。於是她就這樣在葛列格的支撐下半拖半走地前進著，到最後洩氣話終於忍不住脫口而出道：「我真的走不動了，你就別管我吧！」

全身的細胞都叫囂著只想一睡不起，無法抗拒這睡意的安朵娜特最終完全放軟了身體，意識也逐漸飄離。

半睡半醒間，感到男子一直固執地半擁著她的手最終鬆開，將她放在了地上。安朵娜特迷糊地想，大概是葛列格終於死心，要把她撇下了吧？

沒有憎恨，安朵娜特只是想著這樣也好，至少沒有她這個累贅在的話，葛列格獲救的機會會大一點，犯不著兩人一起困死在這裡。

怎料下一秒便感到一件還帶著溫暖體溫的外衣緊緊包裹住自己，然後身體一輕，男子將她揹在背後便繼續往前進。

安朵娜特努力睜開眼一看，只見葛列格把外衣都裹到自己身上了，不明所以的怒氣立即如狂風般環掃而來，道：「你瘋了嗎!?」

自己從來就沒給這個人多少好臉色，可是有危險的時候，每次每次多管閒事地將她救離險境的人偏偏總是他。

爲什麼?

「我沒瘋。」仍舊是冰冷、沒有安慰、毫不溫柔的語調。葛列格頓了頓，接下來的話讓公主訝異地瞪大了那雙美麗的翠綠雙瞳。「因爲是妳。」

收緊了環住對方的手，以求讓身下人能得到一點暖意，安朵娜特不禁取笑道：「這是告白嗎?還眞是個一點兒也不懂浪漫的傢伙。」說著說著眼角卻不由自主地流下了淚水，在寒冷的環境下變成一顆顆猶如水晶般的冰雪結晶，淒楚又美麗。

ch.5

奪回靈魂

「放開我！」起先冰壁只是單純變幻著代表未來的光與影，然而在克絲蒂娜小手一揮以後，牆壁便像投影機般映照出其他人跌下冰洞以後的狀況。看到安朵娜特與葛列格那邊危險迫在眉睫，奈伊二話不說，便轉身要跑回冰洞那兒想辦法，然而女孩卻伸手拉住了他的衣袖，令他無法前進。

「身上沒有祕銀保護的你，無法下去。」輕柔的一句話便令激動的奈伊動作停頓了下來，只是下一秒，男子便立即繼續掙脫的動作，急道：「即使如此，我還是無法什麼都不做，只站在這裡看著同伴陷入危機。」

抬頭看著焦躁不已的奈伊，克絲蒂娜淡然的臉上開始浮現出訝異的神情，這還是她第一次看到如此人性化、如此善良的魔族。

「可是你並不知道他們確實的墜落地點在哪裡。」

這一次奈伊沒理會她，只是繼續努力想掙脫對方的手。然而克絲蒂娜實在抓得很緊，奈伊深怕太大力會弄傷她，結果倒是與女孩僵持不下。靈機一動，青年忽然伸手抓住肩膀的衣袖便要用力扯下去。

不能大力拉扯對方的手，弄破衣袖總可以了吧？

「我已經派人去救援了。」輕按魔族正要扯破衣袖的手，克絲蒂娜睜大銀色的雙瞳抬頭望進奈伊的眸子裡，語氣與她那清澈的銀瞳一樣，沒有任何波瀾，彷彿接下來要說的事情與她毫無關係，「而且你一離開，我便會死掉。」

聞言，奈伊的動作立即停頓了起來，疑惑地看向女孩，卻發現此刻對方的視線正冷冷地越過了自己看著他的右後方。

心念一動，凝聚魔力的手向後一揮，正好擋住斬向自己的一刀。偷襲的人力量顯然不及奈伊，偷襲者被青年橫擋住以後步伐略微不穩。奈伊趁著這短短的幾秒鐘空檔，將女孩抱起，側身往外掠了開去。幾個動作一氣呵成，充分展現出魔族那驚人的體能與反射神經。

「是妳！」感受到敵人身上所傳出的熟悉氣息，奈伊皺著眉將克絲蒂娜緊緊地護在身後。只因眼前那笑得一臉甜美可人卻滿身血腥味的少女，正是在亡者森林中以殘忍手法殺害其中一名少年，並奪去狄倫靈魂的魔族！

高階魔族可以隱藏氣息不讓別人察覺，直至此刻少女才肆無忌憚地散發出那纏繞住濃烈血腥味的殺氣，足以證明先前他們的猜測是正確的。

對方是故意散發出氣息，將他們一路引去北方的。

「你要阻止我嗎？」少女甜甜一笑，美麗的笑容卻令人感到一陣毛骨悚然。只因在這笑容中看不到絲毫的善意，內裡滿滿的是嗜血、殘虐以及殺戮，這就是生於黑暗中的生物——魔族。

面對這種純粹的殺意，奈伊頓時感到不知所措與驚惶。並不是懼怕眼前的敵人，而是訝異於少女身上那純粹的黑暗。只有鮮血與殺戮，這就是魔族嗎？與自己相同的生物!?

奈伊並不太記得被封印以前的事情，只知道當時的自己是單純依靠本能生存著。那時候的他，就像這名少女一樣以殺害其他生物爲樂嗎？

「不同的。」訝異地低下頭，看向說話的小女孩。只見克絲蒂娜不知何時握住了他的手。雪女的手心很冰冷，可是卻令男子的內心感到一陣溫暖。「因爲同是魔族，他們選擇了黑暗，而你卻選擇了光。所以你們是不同的。」

光……

奈伊的腦海裡頓時浮現出一張既懶散、卻又狡黠無比的臉龐。很神奇地，內心的動搖瞬間便消失無蹤。

向克絲蒂娜露出感謝的笑容，隨即奈伊再次將注意力投放在敵人身上。把魔力凝聚在黑曜石般的眸子上，凝神細看下，奈伊馬上便發現四周布滿著如蜘蛛網般微不可見的魔力，男子沉聲質問道：「妳的目的是什麼？」

「好厲害，這麼快便發現了呢！這魔法陣我可是花了好幾天布置的耶。」少女睜大的雙瞳充滿單純與驚訝，她的反應與話中的殘酷就像不諳世事的孩子。「我的目的嘛……當然是把預言壁帶走，並且將這個藏在地下的冰雪之國徹底毀滅吧！」

說罷，少女猛然釋放出魔力，隱藏在她身後的魔法陣瞬間顯現，那細微得肉眼看不見的絲線，在魔咒的運作下充斥了大量的黑氣，就連空間也隨之震動起來。

看到全力苦苦抑制絲線發動的奈伊一時片刻無法自由行動，少女露出了勝利的笑容，一步步走向動彈不得的青年，以及被他護在身後的小女孩。「我知道妳暗地裡下了讓人民撤離的命令，可是我早就在四周埋伏了大量妖獸，她們逃不掉的。」

緩步走到克絲蒂娜的面前，少女笑著續道：「不過我對她們沒興趣，這些法力微弱的雪女就讓妖獸拿去填肚子好了。我從一開始的目標就只有身爲祭司的妳而已，要吃就要吃最高級的嘛！」

少女嬌笑著伸出了手，在魔力的凝聚下，原本纖細白皙的手腕頓時變成泛著黑氣的紫黑色，指尖更出現鋼鐵色的利爪。她將那鋼爪移近克絲蒂娜白嫩的臉，卻驚訝地看到對方依舊一臉淡然，不禁脫口問道：「妳不怕嗎？我知道妳所有的力量都投入在運作冰雪之國的結界裡，現在的妳只是一個無法使用力量的小女生而已。」

仍舊是輕輕柔柔的嗓音，克絲蒂娜反問：「妳希望我怕？」

「廢話。妳不怕就不好玩了。」少女抿了抿嘴道：「我最喜歡割斷獵物的大動脈，看他們拚命按住傷口又止不了血，那滿眼驚懼絕望的神情真是好有趣，害我百看不厭呢！」

孩子氣地說著殘酷的話，只見她舉起了手，下一秒便要揮向眼前那始終淡然如初的小女孩。

就在少女致命的利爪要割開克絲蒂娜的咽喉之際，身旁的奈伊一咬牙，不顧一切地撞開了小女孩，少女的利爪完全沒入了男子的肩膀中。

隨之而來便是空間傳來一陣強烈的震動，伴隨著清脆的破碎聲，冰雪之國的結界在奈伊移動的瞬間便因少女的咒術而徹底毀滅。還好奈伊在撞開克絲蒂娜以後便立即繼續全力抑壓少女的魔法，不然不光是結界，就連眼前這美麗的雪白王國也會同時間崩潰。

肩膀的傷口雖深但也只是皮肉之傷，比這肉眼可見的傷勢更糟糕的是，奈伊在全力使出魔力的狀況下，忽然中斷魔力的傳輸並做出移動，下一秒卻又立即再次釋放出魔力的結果，便是身體受不了魔力激烈的轉換而導致內臟受損。幸好魔族有著優越的體質與復元能力，若是個普通人類在全力對抗咒術之時忽然中斷魔力的話，絕對會在瞬間被魔法的反動力徹底吞噬的！

即使如此，奈伊強悍的體質還是受了很重的內傷。努力壓下湧上喉間的腥甜，他很清楚憑現在的自己已經撐不久了，何況敵人也不會默默讓自己抵抗下去。

果然，奈伊的阻擋激怒了少女，少女甜美的笑容收了起來，隨之而來是滿臉的怒意與肅殺之氣。毫不在乎地拔出了插在奈伊肩膀的手，看到男子因她的動作而咬緊牙關，額上冷汗直流，她這才滿意地再次勾起了嘴角，笑道：「是我小看你了，想不到這種狀況下你還能夠活動。雖然我喜歡看到獵物慢慢地痛苦而死，但還是先殺掉你比較保險。」

聽到少女的話，痛得半跪在地上的奈伊仰首以無懼的眼神凝望著她。隨即，沒有任何勝算的他竟然笑了道：「妳這一擊傷不了我的。」

看到奈伊在受傷以後竟還敢大言不慚，少女連連冷笑地將化爲利爪的手往奈伊刺去！

然而下一秒，她卻再也笑不出來了，只因少女那堅硬得連鋼鐵也能刺穿的利爪果如奈伊所言般無法傷及他分毫。少女凝神看去，卻見青年的皮膚上不知何時覆蓋了一層淡淡的銀色。

「祕銀！什麼時候……」驚呼了聲，仍未來得及反應的少女被一陣強烈的痛楚襲得只能發出淒厲的悲鳴，狂噴一口鮮血後，她無法置信地轉身，只見身後支持魔法陣運行的幾顆晶石被一名人類少年用刀柄打碎，失去控制的魔力頓時反噬，此刻少女所受的痛苦與傷害絕非筆墨所能形容。

這就是使用強大魔咒的代價，魔咒威力愈大，被打破後的魔力反噬愈是強烈。

大局已定，隱藏於冰柱後的艾莉這才吁了口氣，並解除掉覆蓋於奈伊身上的祕

銀。還好冰雪的結界先一步被打破，不然艾莉可不敢確定在維持四人身上祕銀運行的同時，是否仍有餘力再使出祕銀來保護奈伊。

這也算是因禍得福吧？

直至纏繞四周的黑氣完全消散，威利這才離開破碎的晶石，走到奈伊身邊替他檢視傷口。看到奈伊的肩膀依舊血流不止，少年不禁皺起眉道：「傷口很深。」

苦笑著按住流血不止的傷口，奈伊感激地看向適時出現救了他性命的兩人道：「不礙事，身體自行修復內臟的傷勢後，這種程度的外傷瞬間便能夠癒合了。」

「那她呢？」經艾莉一問，眾人的視線再度投放在倒臥在地上、慘叫得聲嘶力竭的魔族少女。

搖了搖頭，奈伊輕聲說道：「利用魔咒激發出自身的數倍魔力，一旦被反噬便沒救了。」

雖說少女是殘殺人類、凶狠嗜血的魔族，可看到她不斷發出痛不欲生的慘叫聲，想用利爪自盡卻調使不出魔力的樣子，眾人的心情還是難免變得沉重及不忍。

「不是奈伊你的錯，而且，你也不必同情她。」彷彿看出奈伊內心的自責，艾莉用著實事求事的口吻說道：「因爲此刻勝利的人是我們，因此你才能夠有同情敵人的機會。若勝出的人是她，我敢斷言她絕對不會同情你也不會留下你的性命。而且往後她還是會繼續殺戮下去，只因她早已沉迷於殺戮之中無法自拔了。」

垂下了眼簾，沒有人能從奈伊那雙漆黑的眸子裡看出他在想著什麼。只見奈伊走到魔族少女的身邊蹲下，輕聲說道：「妳此刻的狀況至少還要忍受三小時的痛楚才能死去。我們與妳不同，並沒有欣賞別人受苦的興趣。只要妳交出那被妳取去的人類靈魂，我便會幫妳解脫。」

少女痛苦得全身抽搐著無法回話，只見她顫抖著打開了因痛楚而緊握成拳頭的右手，掌心瞬間浮起了一顆光球。看著目光滿是懇切的魔族少女，奈伊一言不發地收下那個發光體後便取過威利的短刀，一刀插入對方的心臟，俐落地了結了敵人的生命。

失去生命的魔族少女四周隱隱浮現起一層淡光，隨即人形的軀體瞬間破碎，變成滿天閃爍著光亮的黑砂。

高階魔族是最接近黑暗的生物，死亡後便回歸黑暗之中，連形體也不會留下。

眾人並沒有察覺到當他們把注意力從魔族少女破碎而成的黑砂上移開後，一陣怪異的旋風把四散在空中的碎片聚集在一起，隨即旋風的正中心出現了一個細小的異空間，就像是一個小型黑洞似地把黑砂吸收進去以後便自行消失無蹤……

眼前的威脅消除掉以後，奈伊連忙詢問：「葛列格與公主呢？」

艾莉按住奈伊的肩膀示意對方冷靜下來道：「放心，他們沒事。還好雪女在祕銀的力量用盡以前找到他們，除了身上有輕微凍傷以外並沒有大礙。現在葛列格與雪女們在外面聯手對抗妖獸，我想也差不多分出勝負了吧！」

奈伊這才想起那名魔族少女曾經提及過她為了趕盡殺絕，派了大量妖獸在外面堵截逃亡的國民。

眾人步出神殿後，首先映入眼簾的是站在神殿大門前安朵娜特的背影。順著公主的視線看過去，地上盡是妖獸的屍體，手握弓箭的雪女們正一字排開，毫不留情地一箭又一箭收割著妖獸的性命。

魔族少女顯然低估了雪女的戰鬥力，她們的攻擊力雖然不算強大，可是冰雪之國本就是個被冰雪所包圍的國度，寒風在侵襲妖獸的同時也讓雪女無時無刻保持在最佳狀態。只見冰箭就像雨點般連續不斷射向數量龐大的低級妖獸，準頭十足的箭矢完全沒有傷到唯一一個衝上前線與妖獸進行廝殺的葛列格。

「厲害！他那失明的左眼不會影響視野與距離的判斷嗎？」看到葛列格一刀解決身處左邊盲點的妖獸，艾莉滿臉不可思議地喃喃自語。

聳聳肩，威利早已對此見怪不怪道：「他說戰鬥時對敵人的『氣』做出反應比用看的更快更準，我也不是聽得很懂。」

「……我們不過去幫忙嗎？」看到眾人都沒插手的意思，奈伊忍不住詢問。

所有人包括安朵娜特在內，全都不約而同地以怪異的神情轉身看著他，卻沒有人表現出任何投入戰場的意思。

敵人都快全數掛掉了，還幫什麼？

□

經歷了一波三折，奈伊一行五人總算再次聚在一起了。

位於神殿中央的巨大冰桌上飄浮著奈伊此行的戰利品——狄倫的靈魂。當奈伊仔細交代過眾人跳落洞穴以後所發生的事情後，艾莉與威利兩人對望了一眼，道：「我們這邊也有出乎意料外的收穫。」

奈伊正要詢問他們有什麼發現時，克絲蒂娜卻率先開口問道：「你們說的發現是它嗎？」

隨著女孩的發問，冰壁上的光與影頓時轉換成冰洞底部的畫面，映照出來的正是艾莉與威利在尋覓出路時無意中發現的東西。

所有人全都目瞪口呆地看著預言壁上的影像，良久，奈伊這才吶吶地開口道：「想、想不到竟藏在這種地方。」

克絲蒂娜點了點頭道：「是一名人類託我保管的，而且我答應了他絕對不能交給任何人。」

「那個拜託你的人是？」

「我不能說。」

想了想，艾莉提議道：「那就只好聯絡思思，讓她帶那個人過來一趟吧！」

看艾莉等人並沒有堅持要把在洞底發現到的東西帶走，克絲蒂娜也就不再理會他們，轉而詢問在旁一臉打醬油的安朵娜特道：「我聽到大家稱呼您爲『殿下』，請問這一位是安普洛西亞王國的公主殿下嗎？」

安朵娜特挑了挑眉反問道：「是又怎樣？」

克絲蒂娜伸出小手往預言壁指了指道：「現在聖物碎片的蹤跡已洩露，把它留在冰雪之國已經不安全了。請您把它帶回王城，並交給教廷的伊修卡祭司。」

「妳、妳是把我當作搬運工人嗎？」一臉不爽的任性公主正要拒絕，卻在眼角瞟了葛列格一眼後改口道：「要我幫忙也不是不可以，可本公主嬌貴無比，自然需要高手護送回城的。」

「那就我與副首領……」

威利的話還未說完便被艾莉打斷：「你不是要負責將狄倫的靈魂帶回亡者森林嗎？護衛的話，葛列格一個人已足夠了。」

說話的同時，艾莉眼神惡狠狠地向威利狠狠瞪過去道：「白痴！公主爲什麼願意乖乖當搬運工你還看不出來嗎？人家的目的可是要與你們家的副首領過兩人世界呀！你自告奮勇地去作什麼電燈泡？」

氣勢遠遠不及艾莉的威利，在那殺人般的視線下不禁縮了縮身子，以眼神回道：「誰想作電燈泡？剛剛只是一時間無法會意而已。」

這兩人也真是厲害，單以眼神你瞪我我瞪你，竟然也能夠把對方要說的話猜中十之八九。

其實就連敏銳度偏低的奈伊也看得出來，劫後餘生以後，葛列格與安朵娜特的氣氛明顯不一樣了。這進一步證實了威利先前的猜測，一個是S，一個是M嘛！

「既然成功奪回狄倫的靈魂，那麼我現在可以與思思見面了嗎？」毫不掩飾滿心的期待與渴望，奈伊迫不及待地說道。

「你說得倒輕鬆，知不知道發動祕銀這麼久，我都快要累死了。」艾莉不滿地抱怨著，在看到奈伊失望地垮下一張臉後，少女這才露出惡作劇得逞的笑容道：「不過談一會兒也還勉強可以啦！」

聞言，奈伊立即抬起本來沮喪萬分的臉，一雙眸子頓時亮得光彩奪目，逗得在旁的葛列格等人也不由得發出善意的哄笑。

ch.6
花都水城

另一邊廂，來到愛得萊卡城的夏思思等人正進行著尋找龍族公主的分組搜查。

「眞美麗，這裡簡直就是異世界的威尼斯呢！」被分配與艾維斯一組的夏思思邊說著對方聽不懂的話，邊興高采烈地將手伸進清澈的河水中，享受河水的清涼，悠閒自得的神情與其說是在進行搜索工作，倒不如說正在遊山玩水更爲貼切。

眾人身處的城鎮是西方出名的「水都」，愛得萊卡城，精美的船隻隨處可見，色彩艷麗的房屋全都建於水上，是很有名的旅遊景點。

愛得萊卡城有兩項主要收入來源——賭場與妓女。尤其後者更造成城鎮的一項主題風景，各式各樣華麗的大型畫舫充斥於河道中央，畫舫又送出一隻隻精緻的小船駛往河邊，小船上的妓女以優美的情歌以及美艷的容貌招徠客人。

即使是女性遊客也並不抗拒這種妓女橫行的境況，畢竟美麗的畫舫與優美的歌聲實在令人賞心悅目。只要不要惹到她們的男人身上，基本上對於那些女性遊客來說，妓女橫行的景象也是一個很受歡迎的特色。

「思思，確定要從畫舫開始尋找嗎？」艾維斯雖然思想比較開明，但當聽到夏思思的建議後，還是皺了皺眉，覺得不太妥當。

「不然你認為呢？只有那兒的機率是最高的，對吧？況且諾頓他們全都選擇了其他地方，凱文與諾頓那一組查看賭場，小埃沿街道搜尋。可是畫舫明明是機率最高的地點，你們卻連提也不提。」夏思思憤憤不平地說道，伸進河水的手彷彿想要宣洩不滿的情緒般，在平靜的水面上引起陣陣波瀾。

「妳有向諾頓提及過這個建議嗎？」

「有呀！可是他很反對，也不知他到底是不是有心要找。假設龍族公主真的流落於此，而且與諾頓的狀況一樣，處於被封印及失憶的狀態，那麼一名沒背景、沒記憶亦沒魔力的女孩子要在陌生的水都中生存，成為妓女是最大的可能。」扺起了嘴，夏思思悶悶地說道：「我明白他想要逃避的心情，可這樣子根本就不能解決問題，且萬一他妹妹真的……那麼早點找到莎莉公主，至少可以減少她受苦的時間。還是說萬一親妹妹真的淪落風塵，那就寧可找不到比較好？」

「妳明知道諾頓不是這樣想的，就別說氣話了。他只是……一時接受不了這種可能性而已。有時候明知逃避對事情沒幫助，但不是人人都像思思妳這麼了不起，擁有面對現實的勇氣的。」苦笑著摸了摸鬧脾氣少女的頭，艾維斯冷靜地分析道。

聽到同伴中總算有著認可她想法的人在，夏思思神氣地哼了哼，不服氣地數落著無視最大可能性的三名男子。

「那思思打算怎麼辦？」艾維斯優雅地微微一笑，輕托著頭悠然地詢問：「根據這裡的慣例，所有乘坐小船招徠客人的妓女都是以畫舫作根據地，部分較高級的妓女更是只會留守於畫舫中等待熟客到訪。若要在眾多女孩中尋人，我認爲還是直接到畫舫查看比較快。」

「你倒不如直接說你想去吧！你的眼神出賣了你啦！」翻了翻白眼，夏思思輕聲地啐了聲「色鬼」。

「哦？難道思思不想去看看嗎？」沒有裝模作樣地否認，艾維斯理所當然地承認自己的確對畫舫內部很感興趣，同時還狡猾地反問少女。

「廢話！我當然要跟過去！」很乾脆地承認自己也想進畫舫「增長見聞」的夏思思，認眞思索著同行的可能性，「可是有我這個女生在的話，對方一定不會放行的。或許我可以裝扮成妓女混進去……」

「千萬不要！」及時打斷夏思思滿腦子的恐怖主意，艾維斯苦笑著道：「進畫舫的話，我還可以應付過去，但讓埃德加知道我任由妳裝扮成妓女的話，他一定會殺了我的。」

「不讓他知道不就好了？眞麻煩……」很沒儀態地「嘖」了聲，夏思思努力思索著其他可行的方法，「那……不如我扮男裝算了。對！他們一定會很高興多了一個客人吧？高興起來也就不會深究太多囉。」滿意地點了點頭，勇者大人一臉問題已經得到完滿解決的樣子。

艾維斯一臉不可思議地看著少女，客人多便好辦事到底是什麼結論？她以爲現在是在做善事「多多益善」嗎？更何況……艾維斯看了看夏思思那張精緻漂亮的臉，再將視線轉至那凹凸有致的身段，表情就更加懷疑了。

她眞的確定自己是想扮男人，不是人妖？

夏思思朝艾維斯那明顯表達出不信任的目光很不爽地瞪了回去，隨即笑吟吟地從衣袋內取出一物，自信地道：「放心吧！我早就有準備了。」

□

若詢問安朵娜特公主對夏思思的印象，她必會想都不用想，清楚明瞭地叫嚣著道：「土！那副怪異的眼鏡很老土，衣著也很土，總之全身上下土得不得了！」

而現在的艾維斯，心裡正吶喊著相同的話。

只見少女俐落地把束成馬尾的長髮盤起，然後戴上一頂帽子遮掩住。再來便是一身寬闊衣服還拚命地往裡面塞棉花，最要命的是，臉上那副怪異得不得了、根本就是遮蓋了大半張臉的粗框眼鏡……不出幾分鐘，一個清秀苗條的少女便變身成土氣臃腫的小胖子。若不是艾維斯親眼看著她的「異變」，即使面對面也絕對認不出這個人是夏思思！

「如何？完全看不出是女的了吧？」揚起下巴露出得意洋洋的笑容，夏思思對如何變裝可謂熟悉得不得了。畢竟以前爲了不惹人注目，她可是長時間以這種土氣裝束生活著的。

「……只要妳把聲音壓低一點便很完美了。」

「對喔！這樣可以了嗎？」刻意壓低嗓音，看到艾維斯豎起了大拇指，夏思思立即信心十足地開始她的狎客之旅。被反光的鏡片掩蓋著的雙眼機靈靈地往那些妓女身上打轉，四處尋找喜好的類型。

「這個如何？夠惹火！」很快地，夏思思便發現理想目標。同時這名長相一般、但身材絕對一流的妓女感受到少女的視線，立即回以挑逗的微笑，泛舟的動作刻意加大，那火辣的身材襯托她一連串的動作實在香艷無比。

「饒了我吧！思思，妳就不能找一個外表正經一點的嗎？」艾維斯瞬間囧了。實在不明白夏思思要選一個那麼惹火的來做什麼？

抗議無效，艾維斯哭笑不得地看著夏思思二話不說便上了這名妓女的船，最終也只能苦笑著跟過去了。

小舟同時容納三個人實在有點勉強，在很敬業的妓女故意爲之下，更是免不了過於親暱的肢體接觸。何況夏思思的男性裝扮實在不討喜，因此妓女絕大部分的「魔爪」都是往艾維斯身上伸去。

青年倒是意外地表現得遊刃有餘，絲毫不覺尷尬地微笑著任由妓女湊過來，但當對方動作太過火時，卻總有辦法不著痕跡地避開。這讓本著看熱鬧心情的夏思思惡劣地嘆息自己找錯搭檔了。若同行的人是諾頓那個脫上衣也害羞的純情青年，必定比眼前這隻老狐狸有趣得多。

隨即夏思思不由得想像另兩人的反應。若搭檔是凱文，他必會用甜言蜜語反過來把妓女哄得團團轉吧？假若同行的是埃德加……

彷彿感到一陣寒風吹過，少女不禁拉了拉外衣的衣領。太可怕了！冰山隊長必定能令河水冰封千里，到時候「水城」也可以改名為「冰城」了！

只見艾維斯與妓女兩人，一個拚命施展勾魂奪魄的媚眼攻勢，一個微笑著見招拆招地化解危險，正所謂波濤暗湧就是用來形容這種狀況。很快地，小舟便停泊在一艘華麗的畫舫旁，而外表親熱地糾纏在一起，實際上卻是比拚得白熱化的兩人這才分了開來，夏思思實在很想大喊一聲「encore」。

近看的時候，畫舫比想像中更為巨大，船上到處可見華而不實、誇張非常的裝飾。根據畫舫的體積估計，這艘船即使航行，速度也應該會比烏龜更緩慢。

爲了美觀，畫舫甚至建了一座巨大的石像，半裸的少女雕塑立於船頭的確很搶眼美觀沒錯，但如此一來，畫舫便變得重心偏前、頭重尾輕了。

夏思思兩人跟隨著妓女的步伐往內走，畫舫內部猶如迷宮般複雜，柔軟的羊毛毯上隨處可見鶯鶯燕燕與一群形態猥褻的男人在嬉鬧調笑，令人面紅心跳的呻吟聲從兩旁房間斷斷續續地傳出。

艾維斯偷偷看了看身旁的夏思思，只見少女除了一開始好奇地四處打量外，眼神便開始專心在妓女堆中尋找莎莉公主的身影，神態自若得不見一絲尷尬神色。

「討厭。思思一副很習慣的樣子呢！」故意放慢步伐，艾維斯裝作一臉害羞，開玩笑地壓低音量小聲笑道。

四處張望的夏思思漫不經心地應道：「是很習慣沒錯。」

忽然手臂被青年拉住，夏思思只好停了下來，並迎向難得滿臉嚴肅的艾維斯那「請解釋」的眼神。

「我曾有一段時間寄宿在紅燈區的酒吧裡，這些場面早已見怪不怪了。」

看夏思思說得輕描淡寫，艾維斯不禁感嘆：「妳一個女孩子住在那種地方，竟然能夠平安無事。」

「當然不是平安無事……」

「!!」

「那裡每晚都吵得要死，害我嚴重睡眠不足。」

繃緊的身體在聽到少女後半段的話後再度放鬆下來，艾維斯不禁苦笑道：「思思是染上奈伊的惡習了嗎？不然怎麼說出來的話那麼容易令人驚嚇。」

這回變成夏思思大受打擊。她可是奈伊語言的頭號受害者啊！現在卻被艾維斯將他們拉在一起比較，這教她情何以堪？

妓女把兩人領進房間以後，便嬌笑著露骨地詢問：「客人需要我多喚一名姊妹來服侍嗎？還是三人一起來？」

連房間都進來了，兩人很有默契地對望一眼，心想現在開誠布公地告訴對方他們是來找人的話，應該不會被轟出去了吧？

艾維斯取出一疊厚厚的鈔票塞在妓女掌心：「我們兩人是特意混進來尋人的，可以請妳提供協助嗎？」

不用陪睡便有錢收，何況艾維斯出手闊綽，妓女二話不說便立即將錢收起，並滿口子地答應：「當然沒問題，我在這裡工作好幾年了，對這裡的環境及妓女熟悉得很。」

夏思思敏銳捕捉到當妓女在聽到他們要尋人時，露出若有所思的神情，便道：「剛才妳的表情有點奇怪，是想起了什麼嗎？」搜查行動就如大海撈針般，少女並不想錯過任何線索。

「我只是在想，最近來畫舫尋人的人還眞多。」既然對方不是嫖客，妓女也樂得不用故作嬌媚，倚在床邊把玩著意外的橫財。

看到夏思思脫下眼鏡的臉，以及取下帽子後所露出來的一頭長髮，妓女驚訝地說道：「妳是個女孩子？說起來也眞巧，那個人也像你們一樣喬裝混進來。不過他是男扮女裝，扮成新入職的新人，穿上女裝的他還是個我見猶憐的小美人呢！」

「他是在找一名年約二十的失憶少女嗎？」艾維斯問。

「不是啦！他在找一名黑髮黑瞳、叫奈伊的男子。」反正閒著，妓女邊說邊在他們面前數起手上的鈔票來。

「什麼!?」兩人突如其來的驚叫聲把妓女嚇得全身一震，剛數到一半的鈔票全掉在地上。

妓女正想彎下腰把鈔票撿回去，艾維斯卻一把抓住她的肩膀，緊張地質問：「那個打探奈伊的人還留在這兒嗎？」

夏思思則是陰沉著臉，陰惻惻的語調令人不寒而慄：「怎麼會有人到這兒來找他呢？那個叫奈伊的人到過這兒光顧嗎？」

「呃……我並未見過他形容的那個名叫奈伊的男子，所以也不太清楚。不過你們要找那個人的話，他正好就在這一層，你們直接問他好了。」被他們的舉動嚇了一跳，本就沒什麼保密操守的妓女立即將對方的行蹤和盤托出。

聽完妓女的描述，兩人並沒有立即行動，青年沉思了一會兒後，詢問身旁少女的意見，「妳怎麼看？」

「當然去會會他吧！只是，你的身上……」

「有。」還未待少女說完，艾維斯便肯定地點了點頭。

「強嗎？」

「強。」

「喔，那就沒問題了，小心一點便可以。」暗語般的對話就此結束，夏思思滿意地點了點頭作出結論，卻聽得妓女目瞪口呆。

「那就麻煩妳帶我們過去吧！說起來還未問妳，有看過這名女子嗎？」重新將帽子戴上，夏思思取出阿芙琳所繪的莎莉公主畫像，詢問對他們猜謎般的對話充滿興趣的妓女，道：「還有，妳的名字是？」

「我沒看過這女孩，其他畫舫應該也沒有吧？那麼漂亮的女孩子，若是同行的話，必定會很出名才對。」在艾維斯的幫忙下撿回所有鈔票，妓女將其安穩地放進衣袋後續道：「我的藝名是蓮娜，兩位也這麼叫我就好了。」

「那麼，蓮娜，妳可以答應我一件事嗎？」變裝完畢的夏思思以少有的嚴肅口吻說道：「到達那人所在的房間後，我們兩人進去就好，妳不要關門，也不要跟著我們進去，能辦得到嗎？」

雖然不明所以，但這麼小的事情蓮娜還是爽快地一口答允下來。

在蓮娜的帶領下來到那名聲稱要尋找奈伊的神祕人房門前，並在夏思思的示意下，由帶頭的蓮娜敲了敲房門：「里克先生，我替你找到奈伊先生的朋友了。我們可以進來嗎？」

「請進。」隔著木門的聲音有點模糊，但聽得出聲音的主人很年輕。聞言，蓮娜便如先前所約定般側身讓夏思思與艾維斯先走，自己則站在門外沒有進去。

房中人此時並沒有變裝，竟是一名有著甜美笑容的少年。亮麗的容姿可以想像出他的少女裝扮有多清新可愛，也難怪會被蓮娜稱爲「小美人」了。

「你好，我是里克。」少年笑著，並以帶點孩子氣的神情自我介紹。

艾維斯與夏思思分別禮貌地回以一個假名，仍舊站在門外好奇地往內張望的蓮娜，訝異地眨了眨眼，但還是很合作地沒有點破。

「聽蓮娜說，你是來找奈伊的？」

「對呀！我妹妹昨天得到奈伊先生的照顧，身爲哥哥的我只好來還禮了。」

艾維斯並沒有被少年充滿善意的笑容所影響，毫不猶豫地提出質疑道：「既然如此，你應該很清楚你要找的人在北方吧？還是說你知道我們在這兒，所以故意放出消息，眞正要找的人其實是我們？」
也就是說，奈伊只是誘餌，對方眞正想尋找的人並不是「奈伊」，而是「認識奈伊的人」。
「答對了！我也猜不到那麼快便有魚兒上鉤，似乎我的運氣相當不錯。」少年仍是一臉無害的笑容，就像無辜的孩子般，讓人很難對他懷有戒心。「聽說奈伊最重要的人是個名爲『夏思思』的人類少女。我可以再一次請教小姐的芳名嗎？」
夏思思正想要再報出那個臨時想出來的假名來敷衍對方，怎料笑容可掬的少年卻忽然衝前向兩人出手！
里克纖細的手腕瞬間變成紫黑色的利刃，同時一直注意少年一舉一動的艾維斯也立即做出反應，一把將夏思思往後拉，讓少女躲過了迎面的一擊。隨即艾維斯更是如變魔術般，手上不知何時已握著一把閃有寒光的軟劍，根本就沒人看得出青年把這支不算短的劍藏在身上哪一處。
艾維斯出劍的動作很快，劍路更是詭異無比，夏思思只見劍花一閃而逝，來勢洶洶的里克便被青年逼得往後退了幾步。

蓮娜靈光一閃，總算弄懂了先前這兩名男女那猜謎似地對話內容。

「你的身上……」那時候夏思思是想問對方身上有沒有武器吧？因此青年才答「有」。「強嗎？」這句應是指青年的武藝。也就是說這兩人由一開始，便有了與里克動手的打算與準備！

□

將劍尖穩穩指向被短暫擊退的里克，艾維斯注意到被里克觸碰過的劍刃竟如同碰到腐蝕性液體般，顯現出被侵蝕的跡象，面色不禁一沉，更是將夏思思緊緊地護在身後。夏思思則是暗地裡將手伸到背後擺了擺，示意被連串變故嚇呆了的蓮娜快快逃走。

此刻蓮娜才明白當初少女的用意，想來夏思思早就猜到里克來者不善，因此前往這房間以前才與她訂下如此奇怪的約定。

滿意地發現到蓮娜慌慌張張地逃去，夏思思把注意力再度放回里克身上，「奈伊到底在古蹟幹了什麼天怒人怨的事情呀？」

艾維斯雖然滿身殺氣，但卻還是像往常般表現得優雅從容，道：「啊啊……真是傷腦筋，怎麼不去找正主，偏偏要來找我們麻煩呢？」

「他殺害了我的克奈兒。」一抹恨意出現在里克眼內，然而相反地，他臉上的笑容卻是很甜很甜，「所以我要殺了這個女的，然後將她的頭掛在愛得萊卡城的城牆上。讓那男人感受一下重要的人被傷害的滋味。」

「……克奈兒又是誰了？」夏思思不由得吐槽了一句。

總而言之，現在自己就是對方用來報復奈伊的籌碼對吧？真麻煩……

艾維斯的手腕輕輕一翻，長劍那刺目的寒光像是映照出殺氣般冰冷，「你認爲我會讓你得償所願嗎？」

「若我只有一人的話，也許不可能。」里克的笑容更甜了，隨即房外傳出一聲淒厲的尖叫聲，令夏思思兩人心頭一緊。「你們應該也發現到這是艘華而不實得幾乎無法航行的船吧？你們說若我把一群妖獸放進來，那結果會怎樣呢？」

自第一聲尖叫響起後，外面便不停傳出充斥著恐懼與驚惶的求救聲，艾維斯卻全然沒有任何救人的意思。並不是青年冷酷不仁，只是保護夏思思才是他首要、也是最重要的任務。

忽然衣襬被人從後輕輕一拉，只聽到身後的少女說道：「沒關係的，艾維斯，你到外面去，把這裡交給我吧！」

「可是……」否決的話語在艾維斯轉身與少女對望的瞬間倏地靜止，只因此刻在夏思思的身旁正飄浮著一個少女形態的精靈。即使艾維斯對魔法方面的認知不深，但他還是清晰感受到眼前的精靈等級很高，並且力量強大。

夏思思向他展現出一個安撫的笑容，眉宇間是對自身實力的自信，「放心吧！我不會有事的。」

「妳確定妳會非常非常小心？」

「我發誓。」少女立即舉起三根手指起誓。姑且不論異世界的起誓手勢在這個世界裡是否通用，但艾維斯確實被夏思思的氣勢說服了。最終青年移開了指著里克的劍尖，轉身往房門外那慘叫聲此起彼落的煉獄走去。

面對散發著古老而濃烈水氣的元素精靈，里克外表雖仍是掛著甜甜的笑容，但從凝神戒備的架勢可看出少年的警戒。

「在開打以前，我可以問你一件事嗎？」夏思思同樣沒有看輕眼前這名一臉無辜的可愛少年，至少她很清楚能夠化爲人形的魔族，實力絕對比以前戰鬥過的妖獸強大得多。「你說奈伊殘害了你的克奈兒，然而最先動手的人是你所說的『被害者』對吧？」

她所熟悉的奈伊是一名有點孩子氣、又有一點迷糊，力量強大卻又鮮少使用的笨蛋。無論如何，夏思思也不認爲奈伊會主動去傷害別人。若那個克奈兒眞的逼得他大開殺戒，少女相信這必是在處於奈伊不得不動手的狀況下。

「是克奈兒先要殺他的，但那又怎樣？」里克率直地反問，那是不分善惡、沒有絲毫道德價值的發言。「既然我已經對他憎恨到非要殺他不可的程度，還需要去想在這件事情上誰對誰錯？」

「是嗎？那我明白了，反正我也只是問問看。」明亮的視線筆直看進對方眼眸中，夏思思輕聲說道：「我和你一樣，在我的心目中，生命從來就不是等價的。」

即使奈伊眞的做出了不可饒恕的錯事，但相比於陌生並且已經逝去了的生命，夏思思還是會自私地選擇去保護那個在異世界裡陪伴著她走了好一段路的男子。

少女自嘲地笑了笑，想不到在不知不覺中，那個黑色的身影已在她的生命裡佔了很重的一席。

「妳是勇者對吧？這麼說妥當嗎？」里克嘲諷地道：「身爲勇者，應該頂著一副聖人的嘴臉高呼生命平等、每個人都是生來尊貴的才對。」

「也對呢！既然生命是尊貴的話，那我就更不能放任你胡作非爲地殺人了！」說罷，也不見夏思思有任何動作，空氣中的水分便瞬間凝聚成一支支快速流動的水柱擊向眼前的魔族。里克俐落地閃避迎面而來水柱的同時手也沒有閒著，利爪一揮，擊散閃避不及的水柱，雙方的首次交鋒，誰也佔不著誰的便宜。

想不到夏思思不用依靠詠唱，單以意念便能夠驅使元素精靈。除了顯露出少女與水靈的關係密切外，更顯示出眼前這名外表嬌弱的少女，魔力及意志力是如何驚人。這讓原本信心滿滿的里克開始展現出一絲怯意。

「妳使用那麼強大的招式沒關係嗎？別忘了這畫舫上載滿了人，若船被妳破壞掉，那些人也活不了。」眼珠一轉，里克「好意」地提醒少女，他就不信夏思思會不介意。只要少女不能使出全力，那麼他就多一分取勝的機會。

「糟糕！這樣子我便不能出狠招了。」夏思思嘴巴這麼說，臉上的苦惱神情也表現出很是那麼一回事。然而少女的手卻沒有停歇地召喚出水柱擊向敵人，那狡黠的眼神根本就沒有因里克的威脅而產生絲毫動搖。

被夏思思取了先機，連綿不斷的水柱令里克根本就沒時間做出反擊。難怪別人總是說攻擊便是最好的防守，只能在水柱瘋狂進攻下左閃右避的里克，可說是深有體會了。

就在畫舫被水柱擊得到處都是坑洞之際，夏思思總算脫力似地停下手來。里克還未能喘息一下，便聽到少女悠然地說道：「我玩膩了。」

隨即便是一陣山崩地裂的震動及響聲，然而此刻他們是在河道上，因此絕不是山崩，也不會是地裂……

那個瘋女人！她竟利用水靈的力量在河道上引起大海嘯！

她真的不管滿船人的死活了嗎？

ch.7
水上激戰

時間稍稍回溯至二十分鐘前，艾維斯衝出房間後，入目所見的是一片血肉橫飛的煉獄。這裡根本就稱不上戰場，人類在這場禍亂中只是單方面被妖獸屠宰的獵物。四周盡是嬌弱的風塵女子，以及前來尋歡問柳、被酒色掏空了身子的男人，哪有不任人宰割的道理？

心生警兆的艾維斯雙腿用力一蹬，修長的腿凌空在牆上借力一躍後，接連改變了身處的位置。青年敏捷的動作就像一隻正在狩獵的豹，優雅又美麗。在閃躲妖獸噴出的黑焰同時，手上軟劍俐落地割斷敵人的咽喉。

滿身血污的蓮娜驚訝地看著青年遊刃有餘地遊走在眾多妖獸之間。雖然不久前才剛欣賞過對方的身手，但在親身經歷過妖獸的追殺後，女子這才確實感受到眼前這個外表帶有中性美的柔弱青年實力到底有多強悍。

即使如此，以寡敵眾的惡劣形勢再加上還要分心保護船上其他人類，這讓艾維斯很多招式無法施展出來，只能咬緊牙關苦苦支撐著。

然而青年實在很沉得住氣，即使緊隨在他身後尋求保護的人愈來愈多，但他仍是不見一絲慌亂，盡最大的努力去保護每一個人。只是如此一來，他防守的時間愈來愈多，殺敵的次數則是相對減少了。

一聲淒厲的呼救聲在青年身旁響起，妖獸最終還是覓得空隙把他身旁的一名妓女撲倒。艾維斯硬起心腸不加理會，在這種狀況下，保護活命機率較大的人才是最優先的。胡亂的營救只會害更多人送命，本應能存活下來的人也會變得活不下去。

艾維斯自小在亡者森林長大，那個弱肉強食的地方並不存在憐憫。他親眼看著無數孩子捱不過寒冬及飢餓而亡，又或是不幸成爲妖獸的食物。好幾個環境惡劣的冬天，他們捨棄了身體瘦弱的孩子，把食物及衣物留給有機會生存至冬末的人。

雖然捨棄同伴這種事情艾維斯司空見慣，可不代表他無動於衷。若不是情非得已，誰想眼睜睜任由同伴步入死亡呢？

被妖獸迎面撲倒的妓女嚇得全身僵直不動，眼看下一秒便會成爲妖獸的大餐。怎料一陣不尋常的烈風適時席捲而來，肉眼看不見的勁風颳得眾人一時間睜不開雙眼。被強風正面擊打的妖獸群頓時皮開肉裂，吼叫聲充斥船中。

擊殺掉這頭偷襲妓女的妖獸後，烈風彷彿帶有自己意志般圍繞在眾人四周，令一眾妖獸一時不敢靠近。

見狀，艾維斯心裡有數地抬頭一看，果見一隻通體泛著晶瑩綠光的青鳥正在眾人上方盤旋，彷彿守護神般，把眾人護在牠羽翼所搧出的烈風之下。

「想不到你還是跟來了。怎麼？不氣思思了嗎？」艾維斯笑著嘲諷那個曾經堅決不上畫舫、此刻應身處賭場的人。

從人群後方緩步上前的諾頓伸出了手臂，青鳥立即乖巧地往青年的方向飛去。艾維斯的話讓諾頓苦笑起來，他就知道這一組的兩人都不是容易打發的，看到自己現身，自然免不了要挖苦一番了。

「其實我也知道思思是對的，只是我單方面感情用事，不想接受她的說法而已。當時和她說話語氣很衝，因此冷靜以後便過來想向她說聲抱歉。」諾頓性格老實爽直，立即便很乾脆地低頭認錯了。

艾維斯直眨眼，雖然諾頓失去了記憶，可是堂堂的龍王在自己面前低頭，這種感覺實在滿爽的。

嘴角勾起愉悅的笑容，艾維斯老神在在地把諾頓的歉意照單全收，意氣風發的嘴臉就只差沒有向低頭的龍王說聲：眾卿平身。

一陣驚天動地的震動隨著巨響突如其來，人與妖獸都因船身的激烈搖晃而摔倒在地。從窗戶看出去，驚見比畫舫高出一倍多的巨浪正撲面而至！

河道即使有多寬闊也畢竟是河流吧？河流上會有海嘯的嗎⁉

現在要逃亡已經來不及了，艾維斯看到青鳥在諾頓茫然失措間自發颳起強風將主人送走，剛想罵一句「沒義氣」，人卻已被浪花淹沒並被捲進了河床漩渦之中。

□

當埃德加等人得知騷動而趕至河邊時，位處河道中的畫舫已全數被巨浪淹沒。岸邊圍滿看熱鬧的群眾，驚呼聲此起彼落。

「天呀！真是太慘了！」

「看這狀況，也不知死了多少人。」

在吵雜的人群中一陣強風瞬間颳起，風聲乘載著一個埃德加與凱文熟悉無比的嗓音道：「思思他們在其中一艘沉沒的畫舫裡！」

兩人訝異地凝神往河中心看，這才遠遠看到諾頓在青鳥的幫助下飄浮在半空，反覆在恢復平靜的河面上焦急地搜尋著同伴的身影。

出乎諾頓意料之外，兩名聖騎士得知消息後並沒有想像中的著急。反而很驚訝地對望了一眼後，再無言地把視線轉回河道上，滿臉無奈。

「是誰惹到她了嗎？難得思思這次把事情鬧得很大喔。」凱文看著眼前一片混亂，不禁嘆了口氣。

「既然事件涉及她，也不用擔心遇難者的安危了。」相較凱文著眼於少女的暴走原因，埃德加則是優先考慮水災所造成的影響。

風聲清晰地把兩人的話傳了回去，諾頓正對話裡的內容感到莫名其妙之際，忽然想起在賽得里克山谷初相識時，他不是有一瞬間從夏思思身上感受到不遜於青鳥的水系氣息嗎？

果然下一秒，在眾人的驚呼聲中一支巨大的水柱激射而出，那彷彿要延伸至天空的巨大水柱上站著一名少女。明明少女是從河水中現身，可是她的衣服卻乾爽依舊，沒有絲毫被水沾濕。

站在水柱上的少女自然是夏思思了。察覺到人群中的埃德加與凱文以後，她心虛地笑了笑，這種狀況剛好就是人贓俱獲了吧？

正所謂光腳不怕穿鞋，反正都被他們窺見端倪了，夏思思也就懶得繼續隱藏實力。也不見少女有任何詠唱的動作，脫下帽子的她，一頭漆黑的長長髮髮藍光閃現，過百的水柱同時間於河床激射而出。每支水柱上都坐著神色茫然、旁觀者皆以爲已經喪身河底的一眾遇難者。

水柱就像匹有靈性的坐騎，把所有人平穩送回岸邊後，便再度化成河水回歸河流。直至腳踏實地的瞬間，獲救的人才有死裡逃生的眞實感，有的人回想起畫舫中那地獄的情景而嚇得哭泣起來，有的人則是忙著把魔族出現的消息通知其他人。

艾維斯也是平安獲救的其中一人，看到眾人安然無恙，夏思思也與諾頓一起降落在地面。

在一片緊張混亂的氣氛裡，分散的五人總算再次聚集起來。面對四名男子若有所思的視線，團隊中唯一一名女性夏思思仍是毫不閃避地選擇筆直回望進他們的眼中，只是眼神有點心虛就是了。

「船上的魔族是怎麼一回事？」

看到埃德加沒有質問海嘯及水柱的事，夏思思明顯吁了口氣，並吐了吐舌頭，露出了惡作劇被人抓包後卻沒有被對方點破，很愉快、很孩子氣的笑容。

簡略地將那名叫里克的少年魔族的事告知當時不在畫舫的三人，夏思思最後作出結論道：「除了人類以外，所有船隻連同裡面的魔族全數都被我用漩渦扯進河裡了，要掙扎上來應該不容易吧？」

既然同伴沒有責備自己的隱瞞，夏思思也就再不避諱，大大方方地讓水靈現身於人前。

看到那閃耀著迷人淡淡藍光、圍繞夏思思長髮飄浮著的元素精靈時，沒有魔力的艾維斯以及本就有風靈跟隨的諾頓倒還能維持平常心，然而兩名聖騎士卻失態了，興奮得一臉激動敬仰地直直打量那小小的藍色精靈。

幾乎可算是性騷擾程度的痴迷眼神看得水靈很不自在，最後不用夏思思召回，水靈便「咻」地一聲躲回少女的長髮中了。

「變態。」與水靈心靈相通的夏思思，如此補上了一句話。

少女輕飄飄地道出的兩個字，讓聖騎士們深受打擊，不同於強忍笑意的諾頓，艾維斯毫不掩飾笑容中滿滿的幸災樂禍、肆無忌憚訕笑的同時，卻又不忘回應剛才夏思思的話，「我也是被捲進河床的其中一員。雖然剛接觸漩渦便被水柱帶回地面，可是看這條河的深度以及漩渦的勁道，那些妖獸應該再也浮不上來了。」

即使如此，眾人還是守在岸邊良久，直至那些圍觀群眾盡數散去後，五人這才放鬆了戒備。

「看樣子他們已全數溺斃了。」鬆了口氣，諾頓讓青鳥回到他的臂膀中。失卻記憶的青年到此刻仍舊不習慣打鬥與殺戮，如非必要，不會動用青鳥的力量。

「那麼，我餓了。」莫名其妙蹦出這麼一句話的夏思思，讓兩名聖騎士不由得會心一笑。只因這句話讓他們想起初遇少女時，她也是這樣子不按牌理出牌，罵人罵到一半便喊餓，一點兒也不害羞。

在勝利的喜悅下，誰也沒有注意到那逐漸移近岸邊的水中黑影。

然後一切都在瞬間發生。

當躍出水面的里克以凝聚魔力的利爪殺向最接近河邊的夏思思時，所有人一時間都無法做出反應。

頓時，清澈的河面上血花四淺！

「是你……爲什麼？爲什麼你會在這裡！」里克按住被刺穿的胸口，以無法置信的表情看向那護在少女身前、本不應身處這兒的人。

夏思思也訝異地注視著奈伊，對方以她從沒見過的表情一手刺穿敵人，滿身殺氣的奈伊讓她覺得很陌生。以致於少女完全忘了差點兒喪命的恐懼，反而像是要確認什麼般，略帶緊張地詢問：「你怎麼來了？奈伊。」

低下頭，奈伊以沒有染血的左手溫柔地撫上少女的臉龐，動作猶如對待易碎品般小心翼翼。然後慢慢地，那孩子氣的熟悉笑容又回來了，「因爲我想見妳。」令人誤會的直白話語，這才是奈伊的本色嘛……夏思思暗地裡吁了口氣。

直至確認夏思思平安無事以後，奈伊才有閒暇看清敵人的長相，然而這一看，卻讓青年震驚了，「是你！」

里克緊按著身上的傷口，奈伊的攻擊帶有毒素，所造成的傷口能抵銷魔族少年自身的高度自癒力。失血過多的里克臉色變得很蒼白，即使如此，語氣仍舊是不變地倔強說道：「怎麼了？看到我這張臉，是否想起你背叛魔族、殘殺同類的事情了？背叛者！」

奈伊的臉色瞬間變得與少年同樣蒼白。只因眼前這名年輕魔族的臉，與在冰雪之國所遇上的那名魔族少女一模一樣！

那個他首次手刃的同族……

「奈伊，你怎麼了嗎？」夏思思擔憂地呼喚著那由她命名的魔族的名字。緊握對方微微顫抖的手，對方脆弱的樣子讓她感到很心痛。

「我不會原諒你的！我們由『父親』創造出來的那天起便一直在一起，你卻殺害了我的克奈兒！」生命正隨著鮮血而慢慢流逝，但少年的雙眼仍是固執地緊盯著那個殘殺他摯愛手足的叛徒。燃燒著恨意的雙眸彷彿帶有熱度，那仇恨的火焰燒得漫天皆是。

沉重的寂靜蔓延於眾人之間，夏思思並沒有說出任何安慰的話，只是那雙溫暖的手卻固執緊握住身旁的魔族。良久，奈伊輕柔地抽出了因少女的觸碰而染上溫度的手，一雙美麗的漆黑眸子凝滿暖意與覺悟，「沒關係的，思思，我沒事。」

從一開始的相遇，從少女明知道他是魔族卻仍舊沒有畏懼地接近他，甚至還給予他名字的那一天起，奈伊便早已決定了，即使要他斬斷魔族那與生俱來的血的牽絆，他還是想要守護住這個對他來說最最重要的人。

這名人類少女擁有很多他從來都不知曉的東西。那種強大、溫柔，還有眞正發自內心的笑容，因此他才會想要守護這一切一切。

就像當初他對埃德加所說般，他會留在夏思思的身邊保護她，不讓她受到任何傷害。

即使要殺掉同族也在所不惜！

奈伊身上再次傳出冷冽的殺意，夏思思卻在青年要上前給里克最後一擊時，伸出了手制止了他，道：「奈伊，你看！」

比奈伊的動作更快，里克的身前忽然掠出一條修長的身影，那是使用瞬身魔法的埃德加！

「已經夠了，奈伊。最後的工作就交給小埃吧！」

「可是……」

「奈伊，你不需要獨自一人揹負起一切的。」踮起腳尖，少女輕輕撫了撫魔族那漆黑的夜色短髮，道：「你要記著，就像你想要守護大家一樣，同樣想要守護你的人也是存在的，因此這一次你就領受小埃的好意好了。當你覺得痛苦或是苦惱的時候，我們所有人都會幫你的。」

想要開口說什麼，奈伊卻發現自己不知道該用什麼話才能傳達浮現在心裡的那股暖意。最後青年只怔怔的、帶點不知所措地說出了代替千言萬語的兩個字：「謝謝。」

□

里克與他的姊妹克奈兒一樣，屍體所化成的黑色灰燼在消散以前被捲進了細小的黑洞。

黑洞的出口卻是在遙遠的北方，一名溫文爾雅的男子站立在窗邊輕聲呼喚道：「歡迎回來，里克。」

「失敗了嗎？所以我說要他再等一陣子的。」黑暗中忽然出現一名美麗的女子，那特異的異色雙瞳無奈地看著被青年用咒語鎖進水晶球的黑色灰燼。

「他還太年輕了，年輕人總是衝動沉不住氣。」小心翼翼地抱起了水晶球往屋裡走，男子續道：「可是伊妮卡，我很明白這種重要的人受到傷害的切身之痛，因此實在無法阻止堅持要報仇的他。」

從後輕擁著男子，伊妮卡把臉埋在對方背中，聲音悶悶地透了出來，道：「事情已經過去了，我會永遠在你身邊的，佛洛德。」

聞言，男子這才些微有了笑容，那是既溫柔又心疼，其中包含無盡愛意的笑。

把裝有里克與克奈兒靈魂的水晶球並列在桌上，佛洛德詠唱著一連串複雜的咒文後，幾道閃亮的光包圍了晶球，然後伊妮卡目瞪口呆地看著晶球隨著咒文合而為一。

「佛洛德！你這樣做的話，他們……」伊妮卡瞪大一雙異色雙瞳，訝異地看著神態自若的男子。

「他們不光失去了肉體，就連靈魂也因黑砂化而潰散受傷。若不用這種禁術，這兩個孩子怕是再也無法醒過來了。何況他們是『祂』親自創造的血脈，安放在我們身邊也有好一段日子。這幾年無論怎麼教導，他們還是無法根除魔族那殘忍好鬥的天性。或許以新生命誕生，對他們來說也未嘗不是一件好事。」說罷，佛洛德輕撫著那因結合而光芒大增的水晶球，喃喃地道：「如何？克奈兒、里克，終於見面了，高興嗎？」

伊妮卡無奈地嘆了口氣，道：「每當看到這樣的你，我便會明白爲何你即使選擇了我，可人類的一方仍想要緊抓著你不放了。只因你的天賦實在太可怕，我的北方賢者。」

ch.8 水城舞會

在連串的事件落幕以後，夏思思這幾名屠殺妖獸、拯救人民的英雄便在愛得萊卡城一夕成名。

水城的城主是個很懂得拉攏人心的領導者，事件發生後，他便第一時間親自到現場表揚幾位英雄的英勇事蹟。更盛情邀請眾人參加當晚將在他私人別墅內所舉行的舞會，以表達他的感謝之情。

除了城主盛情難卻這點，另一個令討厭麻煩的夏思思答允下來的原因，便是成爲眾人崇拜偶像的他們，若繼續在旅館留宿，只怕被人煩也煩死，取捨過利害得失後，少女只好領謝城主的好意。

雖說立即動身離開城鎮也未嘗不可，只是奈伊才剛風塵僕僕地趕過來，夏思思也不好意思要對方立即再次動身——雖然青年一定不會拒絕她的要求，可是夏思思那所剩無幾的良心卻不允許。

還好少女的勇者身分並未露出馬腳，不然那名城主的熱情到底還會再增添多少倍，夏思思連想也不敢想。

一行六人在城主的別墅飽餐一頓後，便分開男女兩邊各自被侍女抓去做舞會的「事前準備」。

「天呀！埃德加你眞的很美！」這陣仿如女人的尖叫聲與語氣令房內眾人啼笑皆非，本已被侍女們耍弄得不耐煩的埃德加聽到後，臉上神情就更是像結了一層寒霜般冰冷，道：「請篩選你的用詞，艾維斯。」

不同於埃德加一身銀白，艾維斯的燕尾服以黑色爲主，修長的剪裁令本就纖瘦的青年更顯得優雅，「被人稱讚美麗不好嗎？像我就會很高興。看！我美嗎？」

說罷，還很「公主」地原地轉了一圈，青年那裝模作樣的神情，頓時引得眾侍女展顏一笑。

埃德加咬牙切齒地低吼：「誰像你那麼沒節操!?男人被說『很美』有什麼好高興的！」

果然，艾維斯總能挑起隊長的情緒呀……凱文無奈地看著埃德加終於發火了，而艾維斯則一臉若無其事……不！他並不是若無其事。青年根本就是很努力在搧風點火，看看能把聖騎士長的火氣提升到哪個程度。

「我還是第一次看到小埃穿禮服，滿帥的嘛！」

沒錯！面對男人的話，應該說「帥」呀、「英俊」呀什麼的才對。等等！這個聲音……

埃德加疑惑地轉身，看到不知何時走進來的夏思思，正拿著一包包裝精緻的餅乾，邊吃邊站在房門前興高采烈地提著意見。

少女穿著淡藍色的禮服，老實說那湖水般的淡藍以及簡約不花稍的款式的確很適合她。可惜她此刻卻一副披頭散髮的模樣，腳上還穿著拖鞋，分明一副在裝扮中途落跑的樣子。

雖然布萊恩陛下偶爾也會有類似的行為，但哪有像這位勇者大人那麼好本事，落跑還能帶著甜點慢慢啃！

奈伊一看到夏思思，才不管對方那身不倫不類的裝扮，立即欣喜地衝了過去，第一句話竟是：「思思，我美嗎？」

「噗！」這是諾頓把口中紅茶噴掉一大半的聲音。

「這樣不行呀！奈伊。」凱文無法對奈伊這種失禮的行徑視若無睹，禮儀的教訓隨之而來，道：「你這樣子對於女士來說是很失禮的。哪有男人面對著身穿禮服的女士，第一句話不是用來讚賞對方的？」

「喔。」聽話地點了點頭，奈伊從善如流地再來一次，道：「思思，這件禮服眞的很適合妳。還有，我美嗎？」

「噗！」很不幸，剛斟滿手中紅茶、正要再喝一口的諾頓，正好遇上了奈伊那鍥而不捨的發問，只能說他選擇喝茶的時機太不對。

夏思思抬頭打量奈伊固執的臉，是因爲剛才自己稱讚過小埃的原因嗎？還眞的像個孩子，「謝謝你的讚美！這件燕尾服也很適合你，你穿起來很美喔！」這倒不是少女的恭維話，與艾維斯同樣是黑色系、卻爲了配合奈伊本身的黑髮黑瞳，而在款式上多添了不少銀白的禮服，確實很適合他。

看到奈伊的臉一瞬間亮了起來，夏思思笑著還要再說什麼，幾道強悍的聲音卻打斷了她，道：「在這兒！找到了！她在這兒！」

只見幾名侍女來勢洶洶地破門而入，而被抓個正著的夏思思則是俏皮又無奈地向眾人揮了揮手，很戲劇性地被押了回去……

□

雖然只是城主的私人舞會，但以旅遊業爲主要收入來源的愛得萊卡城本就富裕，何況城主的人面廣，因此金碧輝煌的舞廳中賓客如雲，不少有頭有臉的名人貴族都抽空出席。

在眾多俊男美女中，一個五人小團體瞬間吸引所有人的目光。

這是一群對當地貴族來說很陌生的青年，爲首的金髮男子神情冷漠，然而卻絲毫無損他英俊及懾人的魅力，一身銀白的禮服更襯托出對方眼眸的湛藍，昂步前進的他，迎著眾人的注目卻絲毫不怯懦，充分表現出那份沉著與自信。

稍後一點的位置是一名同樣俊美的青年，一雙黑色的眸子帶有淡然的笑意。不單雙瞳，就連髮絲與燕尾服也是如子夜般的漆黑。然而禮服上巧妙配搭的銀白卻不會令人覺得陰沉，反而讓人打從心底認爲他本就適合這種顏色。與走在前頭的金髮青年相較，兩人無論是神情或外表都如光與影般的存在，給人強烈的對比。

走在後頭的三名男子中，中間的棕髮青年長相最是平凡，然而那如太陽般明朗的氣息以及爽直的笑容，卻給人很親切的感覺，是會令人想要去親近結交的類型。

與看起來有點緊張的棕髮青年交談著的是一名修長優雅的青年，嘴角勾起美麗的笑容，似乎正嘗試從言談中分散同伴的緊張感。纖瘦的他，有著一股中性的惑人魅力，神態優雅得像隻高貴的波斯貓。

位於三人中右方的青年，則是這個小團體裡唯一會回應眾人的存在——鬈曲的長髮用綢緞束在腦後，他邊走邊不忘向眾女士回以紳士的微笑，可見青年在舞會裡如魚得水，心情很好。

這個團體實在太醒目了，不光是外表，就連他們的氣質也同樣出眾。瞬間眾青年便被各式各樣想要結交他們的貴族們包圍起來。當中想結交能人異士者佔三成，想要結識美男子外加趁混亂揩油的婦女們佔七成。

還好埃德加冷著一張臉的寒氣殺傷力太強勁，成功令包圍他們的群眾不由自主地讓開了一點距離，五人這才有些微喘息的空間。

然而聖騎士長的寒氣絕技雖然擊退了帶有非分之想的千金小姐們，卻嚇不走那些老練的貴族。想要把這幾名氣度不凡的青年收爲手下的貴族意志堅定，雖然在冰山隊長的瞪視下有些退縮，但還是硬著頭皮勇往直前。論執著，有些時候男人比女人更可怕百倍。

遲來的夏思思，進場時所看到的就是這麼一個混亂狀況。

「啊……讓他們先進場果然是正確選擇。大家都包圍著小埃他們，這樣我就不會太顯眼了。」幸災樂禍地說著，夏思思探頭望了一下，確認沒有人注意到她，這才偷偷溜進舞廳裡。

可惜夏思思卻不知道，略經打扮後，此刻她的魅力絕對不比那幾名同伴遜色。

平常總是隨意束起的高高馬尾，經侍女們悉心打理後，滑順地披散下來。耳畔的長髮編成麻花辮半束起來，及腰的黑髮上插著不少水晶製成的小髮夾，猶如點點寒星般亮麗卻不浮誇。

湖水藍的禮服款色簡約，上身幾乎沒有任何多餘修飾的低胸款式加上碎鑽製成的頸鍊是完美的配搭，裙襬那如流水般散開的曳地長尾，更把少女的身材襯托得更爲修長纖細。

在這種眾女子爭艷鬥麗的場合，夏思思清麗的打扮就像玫瑰堆中唯一一朵白百合，反倒比那些衣著誇張、珠光寶氣的貴族小姐們更搶眼。

若少女預先想到這簡約的打扮反而是顯眼之處，當初就必然不會嫌麻煩，什麼珠寶首飾都拿來不厭其煩地往身上戴了。重量重一點算得了什麼？清靜最重要！

可惜一切已經太遲，即使夏思思再遲鈍、再不理會那些遠處投來的驚艷或嫉妒的視線，卻無法無視那些紛紛擁上想要邀請她跳舞的公子哥兒。

低頭看了看自己的禮服，再抬頭看了看那些一臉嫉妒得要死的小姐們，夏思思滿臉疑惑……自己明明已經吩咐侍女們盡可能不要打扮得太顯眼了，怎麼最終會變成這種局面？

卻沒意識到，在眾多衣著華麗的女子中打扮得不起眼……這不剛好就是最搶眼的嗎!?更何況夏思思本就生得清麗，一經打扮後更有一番別致的韻味，這種與生俱來的氣質是其他單只有長相美艷的女子所沒有的。

一眾男子屏息以待夏思思從眾人中挑選一名舞伴，看來不選一人是無法脫身了。眨了眨眼、橫視了眾人一圈，夏思思笑道：「抱歉，我已經有舞伴了。」說罷，少女繞過滿臉失望的男子，前進的方向卻不是往同樣被「圍攻」的同伴們，而是走向一處冷清的角落。

不理會眾人驚訝的視線，夏思思逕自親熱地拉起「目標物」的臂膀，笑道：

「請容我向各位介紹，這位先生正是我今晚的舞伴。」

眾人目瞪口呆地看著被夏思思親暱挽起手臂的那名男性，對方有著緋色的頭髮及瞳孔，貴族之間光從衣著便可大致看出對方的家世，而那高級的衣料正印證著對方的高貴身分。

「放手！妳這名無禮的女人在做什麼？」忽然被不認識的少女拉起來作擋箭牌，被殃及池魚的人不快地皺起眉。無法否認這人的確長得很英俊，就連生氣時那帶有威嚴的上位者氣度也很有魅力，然而……

眾人的視線很不客氣地持續向下。

對方怎麼看也是個只有八歲左右的小鬼而已吧!?

「眞過分呀！親愛的。被一群男士包圍也不是人家想的嘛。你有必要氣得裝作不認識我嗎？親愛的。」說罷，夏思思更是加緊了手上的勁道，孩子的力量完全拿她沒轍。少女那故意不停重複兩次的「親愛的」實在讓人火大，再加上那雙清澈眼眸中滿滿的笑意，根本就是把自己當小鬼耍著玩，孩子即使有再好的教養還是忍不住對夏思思怒目相向。

另一邊，總算擺脫貴族們熱切糾纏的五名青年還沒來得及喘息，便發現難得拋下正業（偷懶）、乖乖待在舞廳中的勇者大人，竟公然在舞會裡做出性騷擾孩童、堪稱變態色老頭模範的行為時，只好放棄想要休息一會兒的心情，急急趕了過去。

「眞是的，思思，妳在做什麼？」凱文揉了揉太陽穴，頭痛地看著夏思思抓著孩子的手，尤其在看到那名孩子的容貌時，頭就更抽痛了。

埃德加微微彎下腰，似乎正要向那孩子行禮，動作卻在孩子的眼神阻止下停頓，並且馬上便會意地裝作互不相識。

「嗯？艾維斯呢？」與孩子興沖沖玩著角力遊戲的夏思思，發現本應與凱文他們在一起的青年忽然不見了。

「剛剛還在一起的……大概是去約小姐們跳舞吧？」凱文無所謂地聳了聳肩，語氣卻充滿酸味。老實說，他還眞想無視眼前的詭異狀況，快點找個漂亮小姐一起享受這個美麗的夜晚。

相比聖騎士的無奈，對孩子遭遇感到無限羨慕的人還是有的。

「眞好啊！我也好想當思思今晚的舞伴。」奈伊悶悶地看著兩人挽起的手，心想今晚的最終目標竟被不認識的孩子捷足先登。

「這孩子是思思的朋友？」諾頓疑惑地看了看臉色益發陰沉的孩子，無論怎樣看，也只覺得是少女單方面的性騷擾而已。

「這個嘛……我看他一個人坐在鋼琴旁，又沒有父母陪同，大概是來演奏的孩子吧？」夏思思沒有太在意地說著，卻沒留意兩名聖騎士聞言後的訝異視線，以及正在拚命掙扎的孩子聽到她的猜測後忽然停下反抗的動作，瞬間變得沉默的表情。

「算了，算我倒楣。今晚當妳名義上的舞伴，替妳驅趕害蟲就行了吧？妳現在可以放開我了嗎？」用與幼稚年齡不相稱的成熟語調說道，孩子認命地嘆了口氣。

「什麼嘛！眞是一點也不可愛。」總算願意放手讓孩子恢復自由，夏思思低頭看看眼前這個一副大人模樣的小帥哥，作弄他的興致又來了，道：「那麼親愛的，你可否告訴我，我今晚小舞伴的名字是？」

眾男子面面相覷。是錯覺嗎？怎麼總覺得夏思思甜膩膩地說著「親愛的」三個字時聲音特別響亮，表情也特別欠揍？

「奧汀。」面對夏思思的挑釁，孩子雖然表現出不高興，但仍是忍耐著報上了名字，道：「妳爲什麼會認爲我是來演奏鋼琴的人？」

自己像賣藝人這個結論到底是哪來的誤解？

「因爲你坐在鋼琴旁邊嘛！而且也不像隨父母來參加宴會的貴族，看起來也很適合鋼琴……總而言之就是演奏者的感覺吧！難道不是嗎？我猜錯了？」

所以說，感覺上自己很擅長鋼琴這點又是哪來的誤解？

再次嘆了口氣，孩子很想現在就大聲把身分吼出來，省得某人猜測自己是來舞會賣藝以後還有什麼新奇論點。但在沒有忘記此行目的的前題下，奧汀還是把想說的話吞回肚子裡，模稜兩可地回答道：「……嗯……或許吧。」

見夏思思與孩子終於達成共識，凱文便立即想逃離現場尋找漂亮小姐跳舞去。眼前的狀況實在太微妙了，偏偏以這兩人的尊貴身分，他這小小的聖騎士實在不好插嘴，還是溜之大吉方爲上策。

臨行凱文也不忘拉上了奈伊，他可不敢把這個總會說出古怪話語的男子留下來，惹那名身分高貴的人不悅。畢竟挑戰對方耐性極限這種事情，交給夏思思這個飼主細細品味就足夠了。

很可惜，奈伊並不了解凱文的苦心，很不合作地表態道：「我要跟著思思。」對青年來說，即使無法一起跳舞也沒關係，待在少女的身邊也很好。

奈伊一固執起來便如打進土裡的木樁般，動也不動，無論凱文怎樣用力也拉不動他，結果兩名男子便以手拉手的詭異姿勢默默無言地僵持著。凱文此刻感到不光是頭部，就連胃也好像跟著痛了起來。

就在他們僵持不下之際，卻突然發現那一大一小連同冰山隊長在內，本應在旁的三人卻已不知所蹤……

□

勇者大人的行動總是難以預測，人家來舞會是來社交的，但夏思思卻完全是一副來打牙祭的模樣。剛才那位「親愛的」已經被她丟到一旁納涼去，此刻少女全副心神皆被五花八門的糕點所佔據。

「她就是傳聞中的勇者嗎？難怪陛下說她很特別。」說著也不知道是讚揚還是嘲諷的話，一臉老成持重的奧汀確認四周沒人探聽他們的談話後，這才續道：「我此次前來愛得萊卡城是來找人的。」

聞言，埃德加的雙瞳瞬間閃爍著殺戮的冷光道：「需要我與凱文幫忙嗎？」

「不。」孩子莞爾一笑，道：「這次並不是工作，只是我的私事。」

埃德加聽到奧汀的話之後，露出了訝異的神情，隨即驚覺到自己的失禮，青年立即不動聲色地將視線轉移至挑選著糕點的少女身上。

「埃德加，你變了。」奧汀微笑道：「以前的你，必定不能容忍身邊有著無法操控的人，也不會露出如此溫柔的表情。現在你給人的感覺比以前柔和多了，是因爲她吧？」

埃德加垂首想要回答奧汀的話，卻正好迎上一對美麗的緋色眼眸。向埃德加淡淡一笑，孩子的問題非常直接，「你喜歡她嗎？喜歡夏思思？」

埃德加反問：「閣下不也是很喜歡思思嗎？平常是絕不會縱容旁人對您那麼無禮的吧？」

當夏思思總算挑選了小山一般高的糕點轉身回去時，所看到的就是如此一幅有趣的情景。只見奧汀仰頭望著俯視他的埃德加，以遊刃有餘的神情小聲說了一句話。隨即聖騎士愣了愣，滿臉止不住的訝異，然後往她這方看過來的青年，不期然地對上了夏思思饒有趣味打量兩人交流的視線，再然後……

埃德加臉紅了。

若不是對甜點有著非比尋常的執念，現在夏思思必定驚訝得把手上的糕點全數摔落在地。

「拿那麼多，小心變胖。」奧汀一點也不可愛的老成語氣成功令少女從震驚的情緒中回過神來，夏思思立即揚起了下巴反擊道：「這就不用你操心了，本小姐我可是吃不胖的體質。倒是你不吃點什麼嗎？偏食的話會長不高喔。何況你還在這兒混水摸魚沒關係嗎？演奏都開始了。」

……她還真的把我當作演奏者嗎？而且……為什麼對這點如此念念不忘!?

此時正好樂團悠然演奏的舞曲到達尾聲，奧汀忽然走到台上，並在下一首樂曲揚起前奪過了一名小提琴手的樂器置於肩膀，然後在所有人訝異的注目下，一首夏思思沒聽過的異界樂曲激昂響起。

樂手的小提琴對孩子來說體積略嫌過大，然而在奧汀那精湛的琴技下卻鳴響出華麗的音色，完全無礙孩子耀眼的才華。

樂曲的尾段速度愈來愈快，每個音符都有著深入靈魂的魄力，少女隨著琴音益發激昂，心跳竟也不由自主地加快了起來。

到了最急速激揚的時候，音樂突然靜止，然後以一個緩慢的長音作結尾。奧汀吁了口氣，全場仍維持著鴉雀無聲的狀態，所有人一時間無法從那激盪的情緒中回復過來。

孩子將琴交還給驚呆地看著他演奏的小提琴手，然後很紳士地彎腰致意道：

「很抱歉打擾各位，此曲僅獻給一名老說我是鋼琴演奏者的少女。」

失神的眾人此時才總算清醒過來，如雷貫耳的掌聲頓時響遍了整座舞廳。這名年幼的孩子卻一點兒也不怯場，在眾人熱切的注視下緩步走回少女身邊。

就在奧汀走回夏思思身旁後，少女忽然一手拉起孩子，一手將糕點塞在埃德加懷裡，便抓住聖騎士長轉身就跑。直到確認擺脫了那些想要結識奧汀的一大堆貴族後，三人這才氣喘吁吁地停下。

「真是的，把自己弄得那麼搶眼，這麼一來跟你在一起就完全起不到『驅散』作用了嘛。」取回一旁仍置於埃德加手中的糕點，夏思思沒好氣地說道：「算了，反正此行的目的已達成，接下來也只剩下跳舞時間而已，我要回房間睡覺去了。」

埃德加的視線在少女滿足的笑容及懷內糕點間來回掃視……難怪她那麼乖巧地出席宴會，果真是來打牙祭的！

奧汀挑了挑眉問：「哦？妳不想看看活動的結果嗎？」所謂的活動，就是在這個權貴們一年一度所舉辦的私人舞會中，在場人士會選出場內最美麗動人的女士，而此女子將有幸與城主共跳壓軸舞曲。這可說是一個大出風頭的機會，也是一眾貴族千金夢寐以求的殊榮。

「沒興趣。怎樣想也不會是我中獎，因此我在不在也沒什麼關係吧。」如此這般說著的夏思思，正要抱著滿手的糕點走回房間，忽然想起了什麼似地往回走。只見少女微笑著在奧汀的身前蹲下，仰起頭看著此刻高於自己的孩子笑道：「對了，先前的話我要更正一下，其實你還挺可愛的嘛。」

□

夏思思回房以後，奧汀也離開了會場，最後回到舞廳的只有埃德加一人。最後一首舞曲響起時，青年如預期般聽到了「中獎」的人果然是那個熟悉的名字，一向漠然的他不禁泛起了微不可見的笑容。

在聖騎士長腦海中一閃而過的，是奧汀當時意有所指的回答：「因爲我喜歡漂亮的人，所以縱容她多一點也沒關係。我想埃德加你大概也是意料之外地喜歡美麗的事物吧！我猜得對不對？」

想起那個理所當然地說著自己一定不會被選中的少女，埃德加的眼神不由得柔和了起來。會認爲場中這唯一一道清雅別致、吸引了所有人視線的淡藍倩影算不上「美麗」的人，大概也就只有夏思思本人而已。

ch.9
毒氣沼澤

一直不見影蹤的艾維斯，直至勇者一行人離開愛得萊卡城才再次現身。看到身爲首領的夏思思沒說什麼，埃德加他們也就沒有詢問青年失蹤的原因。畢竟艾維斯不是聖騎士，人家去哪兒是他的自由，即使是同伴也不便過於干涉對方的私事。

反正啓程時他知道回來便可以了。

看到夏思思若無其事地說要繼續往北走，奈伊終於忍不住吶吶地道：「思思，妳不問我在遺跡裡發生了什麼事情嗎？」對於里克在夏思思面前指控他殘殺了同伴這件事，魔族一直也耿耿於懷。

奈伊並沒有隱瞞少女的打算，他只是想找一個時機把這件事親口告訴她而已，想不到他最重視的人會在那種狀況中知悉，甚至還因爲里克的復仇而受到牽連。

雖說夏思思事後對他的態度並沒有任何改變，但他就是覺得很介懷啊！

「反正知道狄倫已經沒有危險，那麼其他事情等你想告訴我的時候才說吧！」夏思思微微一笑地轉移話題，她不想逼迫他。在奈伊眞心想要主動把事情提起以前，她是打定了主意什麼也不會問的。

訝異地眨了眨如夜色般的眸子，奈伊輕易便被夏思思轉移了注意力，道：「思思妳怎會知道我們已取回狄倫的靈魂？」

「因爲你過來找我了嘛。」聳了聳肩，夏思思覺得奈伊實在問了一個蠢問題，「追蹤魔族需要你的力量，若不是迫切的問題已經解決，你是不會拋下有生命危險的人過來找我的。我對你的這點了解還是有的啦！」

夏思思對他所表達出的了解似乎讓奈伊感到很高興。看著傻笑的奈伊，凱文瞬間覺得自己似乎看到有很多粉紅色的小花圍繞在魔族四周亂轉，還眞是驚人的幻覺呀……

「我明白了，我決定現在要把古遺跡的事情說出來。因爲我向艾莉要求先一步過來找思思你們的時候，她叫我記得順道替她傳話。」下定決心把事情的來龍去脈告知少女後，奈伊反覺得堵在心裡那種悶悶的感覺輕鬆了不少。

聞言，少女的眼瞳閃過了一抹擔憂的神色。奈伊看到後彷彿感到有股暖流流過了冰冷的心湖，原來被人關心及在乎的感覺是如此美好。

泛起柔和的笑，奈伊走到夏思思的面前彎下了腰，幾乎是臉貼臉地看進對方的眼瞳中。看到少女並沒有退卻，眼神像往常般專注地回望進自己的眸子裡時，魔族的笑意就更深了，道：「思思，請不用爲我擔憂。從得知妳是勇者的那天起，我便已經有所覺悟，若是爲了保護妳的話，任何事情我都願意做的。」

奈伊很清楚，只要是會威脅夏思思的敵人，不管對方是誰，不管當時的形勢如何，手刃同族這種事情多少次他也會幹的。

即使明知道夏思思並不如外表般弱不禁風，但他終究還是無法去冒任何失去她的風險。

夏思思驚訝於奈伊的「表白」，直至青年開始緩緩訴說出路途上的經歷時，少女的心神立即被對方高潮迭起的故事吸引過去。想不到只是追回狄倫的靈魂，竟會引發出一段如此精彩的旅程，最後就連雪女也出來了……

「會合以後，艾莉與威利告訴我，他們從冰洞跌落冰雪之國的底層時，發現了一枚巨大的冰之結晶，結晶的內部封印著一名少女，冰中少女的容貌與思思你們經由祕銀顯露給我們看的龍族公主一模一樣！」

聽到這裡，眾人全都露出驚訝的表情，想不到一直尋找的莎莉公主，竟正好封印在古蹟中的冰雪之國內！

「她……你說的那名少女，眞的與畫像一模一樣嗎？」毫無預兆下突然被告知親人的情報，諾頓一時間感覺不到絲毫的眞實感。直至奈伊一臉肯定地頷首，諾頓這才感受到尋獲親人的巨大驚喜。

看著喜形於色的諾頓，奈伊抱歉地說道：「可惜我們無法解除莎莉公主的封印，對於她的事情，雪女們也不肯多說什麼。現在威利負責把狄倫的靈魂送回亡者森林，葛列格護送公主把聖物碎片帶回王城。至於艾莉則留守在冰雪之國守護著莎莉公主。另外，由於艾莉在進入遺跡時過度使用魔力，暫時無法使用祕銀通訊，因此便派我過來向大家報個平安。」

「爲什麼莎莉公主會被封印在冰雪之國呢？聽起來雪女們也不像與魔族是一路的……也許龍王親自到冰雪之國詢問的話，她們會願意把眞相告訴我們吧！」夏思思深思著道，聞言，諾頓想也不想立即表態道：「我要去！」

「不，你們要立即趕往北方。」一個年輕的嗓音忽然響起，確確實實把所有人嚇了一跳。只見艾莉交託給夏思思保管的祕銀不知何時飄離了少女的懷中，並自動化成通訊用的銀鏡，鏡裡所浮現出的影像卻是名諾頓與艾維斯不認識的少年。

月光似的淡金髮色是這長相平凡的少年唯一不平凡的地方，然而這張沒有任何特點的臉孔，卻帶有種奇特的魅力，竟令人屏息著移不開視線。

一看到少年的臉，兩名聖騎士立即對著鏡中的影像恭敬地行禮。夏思思卻皺起了眉，一副遇上了天敵的樣子。

「這位是？」艾維斯饒有趣味地打量著少女的神情，想不到天不怕地不怕的夏思思還是會有忌諱的人嘛。

「伊修卡是教廷的大祭司，也是我的導師。」認命般站出來爲雙方介紹，隨即夏思思一臉不爽地詢問鏡中人，道：「你該不會一直在窺視我們的行動吧？」該死的卡斯帕！該死的眞神！把所有事情都推給勇者，自己卻在一旁納涼看好戲嗎？

「什麼嘛！難得我收到公主殿下快馬加鞭運送回來的聖物碎片，看到未來的景象以後特地來提醒你們的。」

夏思思注意到卡斯帕背後那面持續變幻著光與影的鏡子，先前她就一直很納悶安朵娜特與葛列格要怎樣搬運那面巨大的冰壁。現在看來，似乎只要移動內裡的核心——作爲力量來源的聖物碎片便可以了。

「可是我的親妹妹正被封印在冰雪的結晶中，我怎能不立即趕過去？」得知這少年是夏思思的導師，諾頓努力壓下了想要立即奔赴西方的衝動，耐著性子詢問卡斯帕原因。

卡斯帕解釋道：「請放心，你的妹妹並無立即危險，倒不如說讓她留在冰裡還比較安全。何況封印她的人很可能是北方賢者佛洛德，要是能夠說服他，讓他親自解開莎莉公主的封印，那不是比你們胡亂嘗試更妥當嗎？因此你首先要做的事情應是想辦法解除施加在你身上的封身魔法，最好是能夠將佛洛德招攬回我們這邊。只要北方賢者與我們站在同一陣線，還怕救不到你的妹妹嗎？」

卡斯帕的一番話情理俱備，即使諾頓有多麼想趕到冰雪之國去看妹妹一面，但爲了大局著想，看來也只能暫時忍耐了。

「你還是有話直說吧！別再賣關子。」夏思思一副受不了的表情翻了翻白眼，道：「我不認爲這種顯而易見的道理會與預言有什麼關聯，你就直說在未來看到了什麼，才會要我們立刻動身往北好了。」

「這個嘛……因為我看到你們再繼續拖拖拉拉的話，佛洛德那傢伙便要搬家了。」

「咦!!」很異口同聲的驚呼聲。

「聽不聽我的勸告你們自己決定吧！還有這位亡者森林的首領。」卡斯帕向艾維斯微微一笑，道：「你與葛列格也是難得的人才，有沒有興趣帶著留守森林的同伴前來王城工作？呀！差點忘了，你那名紅髮朋友與我們的刁蠻公主情投意合，陛下待闇之神的封印任務告一段落以後，便會為他們正式賜婚了。」

投下一枚大炸彈的卡斯帕，成功地令除了知情的奈伊，以及不認識話題主角的諾頓以外的所有人當場石化！

良久，眾人總算從石化狀態中恢復，然後立即化身成小鳥，吱吱喳喳吱吱喳。

艾維斯道：「葛列格挺能幹的嘛！想不到他竟被公主看上，還得到國王認可賜婚！」

凱文道：「天呀！葛列格真勇猛，我可不敢娶那位做妻子。」

埃德加道：「陛下果是知人善任的賢君，他所著重的是葛列格的品格與才能，並不是出身背景。」

夏思思道：「哎呀！這兩人湊成了一對，那我以後就不能隨便玩那個任性公主了。」

趁著眾人熱切討論的時候，眞神大人便想要告辭了，操勞的角色可不適合他，還是找個舒服的位置坐下來繼續觀賞勇者一行人的活躍表現更好玩。「那麼通訊就到此爲止了，使用祕銀還滿累人的。」

「等一下！你就沒有任何有關北方賢者的情報要告訴我們的嗎？」夏思思適時阻止了卡斯帕的離開。

就知道她會討價還價！

卡斯帕嘆了口氣，多次失敗的經驗讓他放棄了掙扎，很乾脆地再吐露出一項少女想要知道的情報，「我看到在死亡沼澤中，有間以白色小磚砌成的小屋。」說罷，少年不禁對自己無動於衷的心情感到悲哀，原來人的適應能力眞的很強，即使是「壓榨」這種事情也是會習慣的。

□

通訊中斷後一行人再也不遲疑，目標明確地往西走。

若是眞的被佛洛德逃走，那一切不就要從頭開始了嗎？開什麼玩笑！

何況一直以來他們也只有「往西」這個線索，此刻知道「死亡沼澤」這個確實的地點，那麼往後的路程也就明確得多了。

「不過死亡沼澤到底在西方的哪裡呢？而且這個名字聽起來與亡者森林實在有異曲同工之妙啊！」說出這句話的夏思思，表情卻看不出有絲毫害怕，反倒是埃德加聞言頓時不自在起來。

騎士長想起上一次進入「亡者森林」，結果就眞的被他們遇上亡靈了。並不是埃德加要觸霉頭，但感覺上這個「死亡沼澤」也不會是什麼好東西。

「呃……或許我可以嘗試多收集一點有關沼澤的情報。」諾頓沒什麼自信地提議，隨即便在眾人好奇的注視下把青鳥釋放出來。鳥兒仰起頭發出一聲清脆的鳥鳴，竟瞬間吸引了無數肉眼看不見、還未擁有獨立形態的細小風靈。

「太厲害了！」青鳥散發出微風在四周形成一個獨特的空間，讓所有人都能夠聽到風精靈發出的竊竊私語。

凱文禁不住抱怨道：「既然有這麼好的方法，你應該一開始便使出這招嘛。」

聳了聳肩，諾頓一臉「很快你便會知道原因」的表情嘆了口氣，面帶無奈地說道：「青的結界無法持續太久，大家想問什麼便抓緊機會問吧！只是我不保證你們能獲得想要的情報。」

看諾頓的表情有點奇怪，眾人面面相覷地交換了視線，最後由埃德加作代表，問道：「我們想知道死亡沼澤的位置以及狀況。」

「聽說伯爵在尋人。」一個孩子的聲音答非所問地傳進所有人的耳中。

「哪個伯爵？是那個連教皇與殿下也要禮讓三分的『緋劍』嗎？」

「尋人？找誰？」

「昨天森林出現了妖獸潮，後來被教廷鎮壓了。」

「聽說蘭卡子爵的未婚妻紅杏出牆，那個讓他戴綠帽的男人是當鐵匠的。」

「有一個哥哥，『緋劍』好像還有一個哥哥。」

「不是姊姊嗎？」

「我可是聽說那個家族只有他一個孩子。」

風靈們略尖的語調聽起來有點像小孩子的嗓音，聽到埃德加的詢問以後，立即吱吱喳喳地爭相說話，但就是沒有回答眾人想要知道的事情，淨是在說著一些猶如太太們買菜時閒聊的八卦話題。

摀住耳朵，好笑地看著眾人被這密集聲音弄得頭昏腦脹，諾頓這才苦笑著解釋道：「低階的野生風靈很愛傳八卦，不會理會別人的提問且很高興地自說自話。若要從他們的對話中獲取想要的情報，那就要碰碰運氣、看他們今天的話題有沒有涉及你們想要的資訊了。」

其實風靈說話的音量並不大，只是數量眾多，在愈說愈起勁、愈說愈興奮的狀態下，夏思思他們只覺有數百隻蜜蜂、蒼蠅在耳邊嗡嗡作響，震得頭都痛了起來。

最糟糕的是，他們總是同時間有好幾道聲音搶著說話，這更令眾人要「過濾」出有關賢者及沼澤的話題變得益發困難了。

總算，在所有人受不了這可怕的雜聲而將風靈們請走以後，他們所獲得的有用情報爲：

死亡沼澤的四周除了滿布毒氣，還下了多重結界。

在沼澤的附近，有一處紫色水晶的礦脈。

賢者的伴侶是名有著黑色羽翼的美麗魔族。

黑翼小姐有一顆很寶貝的水晶球。

「紫晶礦脈嗎？」艾維斯想了想，道：「繼續往西走的話，那兒的烏狄蘭城的確是以盛產水晶聞名。」

「也就是說死亡沼澤在這座城鎮的附近，詢問當地人應該不難找到。」埃德加依舊一副淡漠表情。

□

果然，依照風靈提供的情報，盛產水晶的烏狄蘭城外果眞有著一個令居民聞風喪膽、被人們稱之爲「死亡沼澤」的危險區域。

「只能前進到這兒了。」眼神銳利地緊盯著遠處的沼澤，埃德加察覺到多個肉眼看不見的結界正嚴密地包圍在沼澤四周。

「看起來只是一個普通的沼澤，也沒發現伊修卡祭司所說的白色小屋。」在沼澤外圍繞了一圈的凱文，報告著視察所得的結論。

「結界的話，我可以用聖水把它除掉呀。」看到同伴們苦惱地皺起了眉，夏思搖了搖存放著聖水的水囊建議。

「我想，這些結界並不是那麼簡單便可以消除。」奈伊凝重地視察了四周，雖然青年沒有受過有系統的教育，因此對結界的了解沒有聖騎士詳盡，但魔族對於力量天生的敏銳觸覺，令男子同樣察覺到單以聖水並不足以解決眼前的狀況。「多重結界就像一個由很多絲線所編織成的網，單是剪斷當中的一、兩條絲線，是無法影響這個緊密絲網的結構的。何況這個網只要仍有一條絲線存在，那麼便能夠在瞬間恢復原狀。」

凱文點頭贊同奈伊的話，隨即補充道：「經視察後，我發現沼澤由六道結界保護著，六個陣眼分別設置在不同的地方。如果無法同時破壞這六道結界，那麼破壞的地方便會如奈伊所說般自動修復……眞的很棘手呢！」

「難道眞的無計可施了嗎？」諾頓看著眼前近在咫尺的沼澤，都已經來到這兒了，怎能空手而回！自己的過去與那名賢者有著重大的關聯，親妹妹還在冰雪之國被封印著啊！

「即使能夠解除這些結界，我們還要考慮沼澤的毒氣。」埃德加說道：「這裡之所以稱爲死亡沼澤，正是因爲那裡充斥著致命的沼氣。雖說身爲風靈的青鳥能將空氣中的有毒氣體打散，但畢竟是有限度的。」

「喔，毒氣的話倒不用擔心，我有辦法應付。」在凝重的氣氛下，艾維斯仍保持那淡淡的笑意，優雅地將飛揚的髮絲繞在耳後。只見青年笑著取出一個小紙包，眾人——除了不明所以的奈伊以外全數嚇得瞬間往後退！

「你、你想做什麼？」當日身受其害的第一受害者諾頓，滿臉驚惶，他絕不會忘記這個毫不起眼的小紙包，以及裡面所包裹著的那團帶有難以言喻辛辣異味的黑色異物！

「你們的反應眞是失禮，這是亡者森林的特產——以幽靈怨念作養分，成長於墓地上的『屍花』花蜜精製而成的黑膏，它所散發出來的奇妙氣味能解百毒喔。」

「……本就不想接近它，聽過它的名字及背景就更加覺得噁心了。」夏思思厭惡地盯著那團聲稱能解百毒的黑色膏狀物，心想你眞的確定屍花是由怨念而生，不是吸收了什麼屍油之類的才開花嗎？不然怎能臭成這樣!?

「用花蜜煉製而成？怎會有花朵的花蜜是這個樣子!?」隨著艾維斯緩緩打開那層包裹的紙，凱文也激動地表達出對這東西的強烈抗拒。

逃避並不是解決問題的最佳方法，反正要來的終究還是會來，埃德加很勇敢地提出盤踞於眾人內心、但又不敢詢問出口的問題：「說是用來解毒，那具體上我們應該怎樣使用？」

不要口服！絕對絕對不要口服！埃德加心裡拚命地向眞神祈禱。

「若是中毒的話，當然需要口服……」艾維斯惡劣地故意在這種地方停頓，看到眾人面色發白的樣子，愉悅地笑了道：「若只是對抗毒氣的話，塗抹在鼻孔位置就可以了。」

「可惡！你故意嚇我們！」瞪了艾維斯一眼，夏思思不由得吁了口氣。雖說很討厭那辛辣刺鼻的氣味，但比起要把這黑膩膩的怪異物體吃進肚子裡，這種方法還是好太多了。

「那現在就只剩下結界的問題了。」埃德加在內心感謝著眞神庇佑的同時，再次將話題轉回多重結界上。

結界共有六個，即使夏思思使用聖水來進行大幅度破壞，也頂多只能破壞最接近他們的其中三個。

「保護沼澤的結界共有六個對嗎？你們確定？」夏思思忽然想起了什麼般，雙目頓時亮了起來。

眾人對望一眼，最終凱文帶點猶疑地說：「應該是吧……只是要說確定的話還眞是不敢肯定。」

「是六個。」忽然插進來的聲音，令眾人訝異地把視線轉向發言的奈伊。只見青年緊盯遠處的沼澤，目光就像在看著一些他們所看不見的景象，道：「是六個，我可以隱約看得見魔力的流動。」

良久得不到回應，奈伊疑惑地把視線收回，隨即對上了同伴們呆呆的視線，「怎麼了嗎？」

「沒什麼，只是在想奈伊你還眞是好用。」感受到奈伊的不安，夏思思立即舉起大拇指讚揚，道：「了不起！還好你跟過來了。」

奈伊凝望結界時那難得一見的認眞表情頓時消失無蹤，換上了標準的傻笑，顯然仍沉醉於那「我很好用、很了不起」的思緒中。

「被人稱讚『很好用』，怎麼我總覺得這個讚揚很微妙？」還未很習慣那兩人相處模式的諾頓，不禁滿臉黑線地喃喃自語起來。

埃德加無視一臉傻笑的奈伊，他並沒有忘記剛剛夏思思那靈光一閃的表情，「思思，妳是想到什麼辦法了嗎？」

「其實也不算什麼特別的方法。」少女聳聳肩道：「聖水能輕易破壞結界，然而現在最大的問題是，我無法同時間破壞六個大面積的結界，對吧？」

看到眾人贊同地點了點頭，夏思思忽然笑開了道：「可是我們現在正好有六個人不是嗎？」

誰說結界必定要全部由她一個人親自擺平？只要拜託水靈將聖水設定爲「只會溶蝕結界」，那其他人同樣也可以觸碰及使用呀！

其實這個道理很簡單，但偏偏所有人都陷入了思考的盲點，現在經少女一說，腦筋總算轉過來的眾人不約而同驚醒著低呼了聲：「對喔！」

□

將水囊的聖水分配給眾人以後，眾人便欲哭無淚地將艾維斯貢獻出來的黑色膏油塗抹於鼻上。辛辣怪異的味道立即惹得所有人噴嚏連連，理所當然地，就連始作俑者艾維斯也不能倖免。

唯獨不畏毒氣的奈伊能免除這種痛苦，雖說青年並沒有表現出絲毫的幸災樂禍，更對大家那副半死不活的樣子充滿同情，但在這種狀況下，看到只有他獨善其身還是讓人覺得很大火便是了。

「所有人都準備好了吧？」習慣了那氣味後，總算覺得沒那麼嗆鼻了。埃德加強忍著不適說道：「我負責距離最遠的那道結界，就位以後便會放出一個閃光彈來通知大家。閃光會持續閃爍十下然後消失，在第十下的時候我們同時將聖水潑向結界。大家有問題嗎？」

「有。」少女立即舉起了手，道：「奈伊還沒塗抹那些黑膏喔。」

「咦！思思，我不用了！我的身體是不怕毒的！」青年立即驚訝地瞪大雙眼，並拚命地向少女解釋。

眾人對望了一眼，隨即聳了聳肩便不再理會。畢竟夏思思看不爽的話，最終會演變成如何各人也心中有數。

只有艾維斯爲那珍貴黑膏的浪費小小地哀悼了一下。

直至勇者大人的提問得到解決，眾人這才拿著聖水各自走向所負責的結界。留在原地結界等候閃光訊號的，則是苦著一張臉、噴噫連連的奈伊。

ch.10

北方賢者

按照夏思思的提議，眾人利用聖水很順利便將六道結界同時解決了。位於第三道結界前的夏思思單槍匹馬地往前走，這還是她來到這個世界以後，首次隻身深入這種危險的不毛之地。以前她所到的每個地方即使不是風光明媚，也沒有一個地方是如此陰暗、濕漉，並且枯寂的。

憑藉飄浮魔法，夏思思在沼澤的泥濘上輕鬆前進，四周觸目所及的全是棕黑色的混沌泥水。北方賢者竟會選擇住在這種地方，那個男人的性格到底有多陰森古怪呀？

出乎意料之外，一路上再也沒有遇上任何阻撓與陷阱，就連個當守衛的魔族也沒有。夏思思很輕鬆地到達沼澤的正中位置，遠遠便看到他們要尋找的白色小屋聳立在污泥上。在一片深黑的泥土上，白屋外牆顯得異常潔白，內裡甚至傳出了嫩草般的清新氣息。

到達小屋門前，少女欣喜地看見全員六人一個不少地安全集合。

側了側頭，夏思思半開玩笑地問：「現在怎麼辦？直接衝進去抓人嗎？」眼前這間完全像是童話故事中才會出現的小白屋實在太沒氣勢了，這令難得生起戰意的少女不禁有點洩氣。

在這種詭異的地方建童話小屋根本就是犯規嘛！是瞧不起她這個勇者嗎!?

「直接進去吧！」想不到平常最謹慎的埃德加，這次很輕率地贊同了少女的話，道：「剛才奈伊已經確認過屋內並沒有人的氣息，即使繼續在這兒呆站著也不會有任何進展，大家提高警覺進去好了。」

打頭陣的人是凱文，只見聖騎士小心翼翼地把門打開。然而男子只是探頭往屋內看了一眼，便面無表情地將門關上。

「我大概太累了吧。」喃喃自語地揉了揉額角，凱文在眾人莫名其妙的注視下再度將大門打開，隨即一臉震驚地呆站在門前。

「你在搞什麼呀？」被凱文的舉動勾起了好奇心，夏思思不再理會先前埃德加所編排的「突擊順序」，上前從凱文的身側探頭窺視。頓時就連少女也呆掉了……

屋內什麼也沒有。

當然，沒有人在屋裡這一點是預料之內，畢竟奈伊的敏銳度很值得信賴的。但是屋子裡就連基本的床椅等家具也沒有，整間白色小屋就只是擁有四面牆壁的空殼而已。

「可惡！來遲一步了嗎？」這種完全沒有人氣的感覺，似乎居住在這兒的人已經遷離很久。急於尋覓佛洛德的諾頓激動地一拳打了在磚頭堆砌的牆壁上，即使青年的性格有多樂觀，遇上這種狀況還是免不了激動又洩氣，何況這名北方賢者可說是牽繫著他的人生！

夏思思越過了沮喪站於門前的凱文走進屋來，只見她忽然瞪大雙眼「噫」了一聲，便像剛剛聖騎士的動作般莫名其妙地退了回來。然而這一次夏思思不是揉額角，而是揉了揉雙目並露出了「大概是我眼花吧」的表情後，又再度走了進去。

站於空無一物的屋內，夏思思忽然一臉不可思議地轉身向站於門外的眾人說：「似乎我能『進去』呢！」

位於屋內的夏思思一臉好奇地四處張望，可是在眾人眼中這間白屋家徒四壁什麼也沒有，一眼便已看清屋內的環境了，實在沒什麼能讓少女感興趣的。再想到夏思思那番耐人尋味的話，就更令人感到奇怪了。

看到夏思思奇怪的舉動，埃德加靈光一閃，道：「這間房屋被設置了分離與連接空間的魔法！」

艾維斯滿臉無法置信地道：「空間魔法還只是處於理論階段，據我所知，這種魔法充其量也只是用來做空間戒指儲存一些日用品而已。」

雖然聽起來難以置信，但也只有埃德加的猜測才能夠解釋夏思思的奇怪舉動。凱文喃喃說道：「我記得沒錯的話，在佛洛德大人離開王城前，他的研究項目中的確是有用魔力來開拓大型空間這一個項目。難道他單以一己之力便把研究完成了嗎？若是真的話，這個人已經不單單是個天才，而是怪物了。」

聽到眾人的驚歎，夏思思好奇地詢問：「我先前已覺得很奇怪了，聽你們的介紹，佛洛德應該是一個博學多才的學者對吧？那他的魔法是哪來的？」

埃德加解釋道：「擁有『賢者』稱號的人不一定是很強大的魔法師，但是他們卻有著卓越的知識與視野，而且必定是萬中無一的天才。賢者不一定是魔法師，可一個醉心學問的賢者一旦對魔法修行產生濃厚的興趣，那他往往能在很短時間內達到常人僅能仰望的成就。據我所知，佛洛德大人當年只是為了方便研究才學習魔法的，既然大人能夠做到，我相信思思只要努力，那麼妳在魔法上的成就一定……思思，妳有在聽嗎？」

當聖騎士長把話題轉至夏思思身上以後，少女便立即一副左顧右盼的樣子。

面對著埃德加不滿的冰冷眼神，夏思思不怕死地笑道：「抱歉，剛才小埃你說得太煽情，結果到後來我走神了，要不我們從頭開始？」

「……」

背後傳來的冷意嚇得凱文慌忙越過門檻走進屋內，夏思思見狀嗤地一聲笑了出來道：「剛才你好像鬼魂似地穿過了一張木椅呢！」

兩名聖騎士嚴肅地對望了一眼，這就更印證了他們的猜測，房子裡正連接著他們所無法觸碰的另一個空間！

「開拓大型空間」是由北方賢者率先進行的大膽研究。在佛洛德叛變以後，也有不少魔法師嘗試實踐這個理論，可惜全都以失敗收場。最終所有人都放棄了，認爲這只不過是一種妄想罷了。

難怪對方會把房子建在這麼惡劣的環境裡，那是因爲他根本就不用像他們一樣路經沼澤，便能經由空間裡連接到任何地方。

眾人先後步入屋內，然而所看到的景物卻沒有任何改變。房子仍是徒具空殼，內裡什麼也沒有。

「爲什麼只有思思看得見呢？」奈伊悶悶地說道，無法與少女看到相同的景色，似乎單是這點便足以讓魔族感到很沮喪了。

「……這令我想起勇者的傳說。」曾經是龍族之王，此刻卻只是一名於鄉間生活了一段時間的平凡青年諾頓說道：「傳說中的勇者，不是能夠抵禦闇之神的精神攻擊，以及自由出入任何結界嗎？」

側了側頭，身爲話題主角的夏思思漫不經心地想著好像是有這麼一回事。就是在旅途剛開始不久，聖騎士們爲她講解這個世界的背景狀況時曾經約略提及過。只是當時她只當神話故事來聽，並沒有放在心上，想不到身爲異界人的優勢卻在這種時候派上用場了。

「據我所知，這種魔法是用魔力分割空間並重新排列，大概是因爲思思本就不是這個世界裡的生物，因而被這個魔法排除在外了。」雖然空間魔法並不是埃德加的專長，但是飽覽群書的他還是有著相關的知識。「思思，這種魔法是需要一個能量體來維持空間穩定的，妳能找出來嗎？」

只見夏思思在屋內左穿右插，就像是在繞過一些肉眼看不見的障礙物般環繞房子一周後，便斬釘截鐵地說道：「找不到。」

愣了愣，埃德加一時間不知道應該再說什麼才好。

夏思思想了想續道：「可是看到正中位置有個很奇怪的裝置，上面圍繞著與諾頓背部的封身魔法很相似的魔法陣，要破壞它看看嗎？」

凱文喜道：「就是它了！他們一定是知道我們這邊有奈伊在，爲免被奈伊感應到能量體的存在，於是特意利用魔法陣將能量體的魔力掩蓋起來。」

凱文的話才剛說完，夏思思便忽然拔出對方掛於腰間的長劍，一劍往對方頭部刺去！

「喝！」隨著少女很有氣勢的吶喊，凱文驚惶地往旁一閃，劍刃便直直地從他耳邊掠過，驚險地躲過了這致命的一擊。

一聲清脆的玻璃爆破聲後，凱文看著剛才所站的位置上，突現出現的破爛儀器以及家具擺設呆呆發怔。

「想不到物理性的攻擊也是有效呢！哈哈哈！」似乎是受不了長劍的重量，從沒握過眞劍的夏思思把劍插在地上，隨手將耳邊飛揚的長髮往後一撥，滿意地看著眼前的成果。

「這不是哈哈哈的時候吧？妳到底是在瞄準裝置還是我的頭!?」慌忙把少女手上的「凶器」奪回，凱文禁不住抱怨連連。

「都有。」夏思思回答得很老實，也非常理直氣壯地道：「因爲在我的眼中，剛才你的頭根本就是陷進了那個裝置裡嘛！」

□

裝置被破壞，眾人全被瞬間變換了的環境驚呆了。

「眞想不到，佛洛德大人竟眞的研究出這種夢幻似的魔法！」看著完全變了一個樣的裝潢，凱文驚歎地橫視四周。屋裡橫放著一些款色簡樸的家具，沒有一絲空隙的書櫃井然有序地排放了滿滿的書籍。是一間看起來與平常住宅無異、溫暖又充滿書卷味的房子。

一陣陣清新的青草氣息淡淡傳來，艾維斯往窗外一看，忍不住驚呼：「看！」

眾人隨即把四處打量的視線轉向窗外，隨之而來的便是讚歎的低呼聲。本以為看到的會是那片黑漆漆的沼澤，怎料窗外竟是一片長滿野花的原野，花田延伸至視線的盡頭。死亡沼澤那因毒氣而灰暗昏黃的天空再也不復見，視線所及盡是清澄的藍天。

「果然是連接了其他空間。」埃德加檢視窗外的景色，發現看不到任何能讓他們判斷窗外景色所屬位置的地標後，便將注意力放回那滿屋的文獻上。看到寫滿於卷軸、那些就連宮廷魔法師亦會自愧不如的獨特見解，即使是一向淡然的埃德加也不禁為之動容，發自內心地嘆息道：「難怪陛下一直對叛變的北方賢者念念不忘，真希望這次能成功勸說佛洛德大人回宮殿。」

至於對魔法一竅不通的諾頓及艾維斯，則是在思考著遇上賢者以後的事情。畢竟諾頓就是為了見佛洛德，這才加入夏思思他們的行列的。而艾維斯卻是身懷說服佛洛德的任務，這是當時在亡者森林中，少女願意借出奈伊的交換條件。雖然青年平時總是玩世不恭，但該幹活的時候還是會認眞去做。

在賢者的屋內守株待兔，夏思思與奈伊可說是閒閒沒事幹。來到這一步，眾人也沒指望這兩人能再有什麼建樹了，少女樂得清閒地拉著奈伊在屋內到處探索。

來到了二樓，夏思思再次被窗外景色嚇了一跳。觸目所及的景色不是沼澤也不是花田，而是一片美麗的夜空！

走出陽台往下眺望，明明只是二樓卻高得看不到地面，顯然房子的二樓與地下又是連接著兩個不同的空間了。

「思思。」聽到魔族的呼喚，夏思思回首便對上了一雙如夜空似的美麗黑瞳，深邃的純黑中反映了漫天星光，就像散發著神祕的魔力般吸引了少女的心神，讓她一時間只懂呆呆凝望著對方。

「奈伊果然還是最適合黑色。」夏思思不禁嘆息。

就在夏思思發呆的時候，卻忽然驚覺男子的臉變得愈來愈近。正想著要躲開，一個輕柔的吻卻已落在額上了。

「我喜歡思思專注看著我的眼神。」就像沒事人一般，男子笑得很燦爛地直率笑道。

「唔……是嗎？」看到對方沒心機的樣子，夏思思心想這個吻大概沒有其他奇怪的意思吧？這樣想著，少女很快便釋懷了道：「剛才奈伊喊我是有什麼事嗎？」

「這個。」奈伊浮現出「差點忘了」的表情，拉起少女便往內走。只見魔族把夏思思帶到一個閃爍著奇幻彩光的水晶球旁，一臉疑惑地輕聲說了幾句話。

夏思思聞言訝異地盯著這個只有拳頭大小的水晶球良久，忽然想起先前青鳥召喚的風靈所提供的情報，臉上漸漸浮現出一個奸詐狡黠的笑容，伸手把水晶球偷偷藏了在懷裡。

夏思思剛把水晶球收好，身旁的奈伊忽然神情一凜，略帶緊張地把少女拉到身旁道：「來了！」

隨著奈伊注意力轉向映照著美麗夜空的陽台，一對男女如變魔術般平空出現。

即使是對人的美醜一向漫不在乎，總是把自己打扮得奇奇怪怪的夏思思，也不得不否認眼前的兩人實在長得很出色，甚至一瞬間讓她看呆了。

那名被稱爲「北方賢者」的男子修長英俊，有著美麗紫羅蘭色雙眸的他不動聲色地看著眼前兩名不速之客，用緞帶綁起的長髮卻是與奈伊一樣的夜之色。與夏思思所想像的陰霾深沉不同，這名久仰大名的賢者竟是個擁有滿身典雅書卷味、成熟又穩重的美男子。

而他身旁的女子應該就是風靈曾提及過的黑翼小姐了吧？女子有著一雙奇異的異色雙瞳，左眼是血般的紅，右眼卻是清澈的綠；一頭瀑布般的柔順長髮披散在背後，卻是柔和而溫潤的緋色；沒有看到她的背後有著傳聞中的黑色羽翼，然而夏思思卻呆呆地想，即使真的出現了黑色的翅膀，也只會讓她顯得更像個天使而已。

「這位小姐就是勇者夏思思大人，對吧？請問光臨寒舍是有什麼貴幹？」

聽到佛洛德有禮的詢問，夏思思在心裡不禁暗暗叫苦。

怎麼他們不從正門回家，偏偏要走陽台回來呢？少女本就打著把所有交涉的麻煩事全部推給身處樓下同伴的如意算盤，怎料竟在二樓與屋主碰個正著，對方還一下子就認出她這個勇者來！如此一來就算她想落跑也不行了。嗚～早知道便不上二樓了……

「勇者小姐？」看夏思思自顧自地神遊太虛，佛洛德只得出聲把少女的思緒拉回。他實在想像不到眼前這名看起來嬌弱無害的少女，就是那名帶領眾人越過無數危險、安然來到他面前的人。就是這個年紀輕輕的女孩子，讓那些心高氣傲的聖騎士、厭惡世人的亡者森林青年，甚至與人類交惡的龍族俯首稱臣嗎？

「呃……抱歉，我閃神了。」認命似地嘆了口氣，夏思思向賢者簡單說明了來意後，便一瞬也不瞬地盯著對方靜候他的答覆。

怎料佛洛德想也沒想，便決斷地回答道：「很遺憾，這是不可能的。」

被人斷然拒絕，夏思思卻仍是一臉不在乎的神情。沒有動怒或不耐，少女只是疑惑地側了側頭詢問：「爲什麼，是條件不好嗎？有什麼要求可以盡量說喔。」這一點夏思思倒是很大方，反正出錢出力的是王室又不是她。

「你們……什麼也不知道對吧？」這是那名擁有異色雙瞳的女子首次發言，只見她垂下了眼簾幽幽地道：「對於妳所提出的要求我們的回覆並不是『不願意』，而是『不可能』。」

這倒讓夏思思爲難了。根據王室所提供的情報，當年北方賢者被揭發擅自把魔族帶進王城，更爲了包庇那名魔族用魔法將王城化爲一片火海。事發後，身敗名裂的佛洛德便離開了王城不知去向。

夏思思曾經猜想過，能讓人做出「背叛」這種事情的，不外乎名、利及力量，然而作爲賢者這三種東西他並不缺。再加上布萊恩是個開明的君主，他既能容得下奈伊，又怎會容不下當年佛洛德所包庇的魔族？

現在看到佛洛德兩人的反應，夏思思更加肯定事情並不如外界所說般簡單，或許另有內情也說不定。

想到這裡，夏思思神情認真地詢問：「你們想要的是什麼？所畏懼的又是什麼？」

迎向少女那筆直的視線，佛洛德不禁莞爾道：「妳比我想像中還有耐性呢！」剛才少女還一副「快點解決掉、快點回家睡大覺」的神情，想不到卻意外地難纏。

「因爲我酷愛和平。」聳了聳肩，少女也不諱言，爽直地道：「布萊恩陛下已經下達格殺令，若北方賢者佛洛德拒絕返回王城，那便就地正法，絕不讓其成爲闇之神的黨羽。」

「是陛下的命令嗎？」佛洛德此刻的神情可說是既複雜又矛盾。看似苦澀，卻又像是欣慰，「當年那個愛哭的孩子，現在已經是名了不起的國王了呢！」

「不！我們的離開並不是因爲要把力量奉獻給闇之神。」黑翼魔族聽到少女的一番話，卻無法像佛洛德那般冷靜，「之所以離開王都，那是因爲……」

「伊妮卡！」就在女子要說出眞相之際，身旁的佛洛德卻立即緊張地打斷了她的話。伊妮卡仰起頭看著心愛的人，好幾次顫抖著張開了嘴，最終卻又闔上，然後怔怔地流下淚來。

最後佛洛德嘆了口氣，安慰地把愛人輕擁在懷中，向身爲說客的兩人淡淡地重申道：「我們是絕不會回去的。」

「思思，你們在這兒……」看到兩人離開良久沒有回來，凱文便上二樓察看他們是否安全。怎料才一探頭，便與佛洛德二人打了一個照面，想說的話頓時說不下去。

「怎麼了？呆站在這兒。」尾隨的埃德加微顯不悅，卻也在看到意料之外的人的一刻呆掉了。

現在到底是什麼狀況？

城堡裡藏有北方賢者的畫像，身爲聖騎士的他們，一眼便認出眼前這名陌生男子的身分。對於佛洛德身邊的女子他們也能猜出個大概，只是氣氛怎麼會變得這樣沉重!?

「別看我，我什麼也沒做，只是說出我們到來的目的而已。」夏思思趕緊澄清，表情說有多無辜便有多無辜。

對於這點聖騎士們倒沒有絲毫懷疑。以少女的個性，你要她做的事情，她是絕不會多做一分的，偶爾還會來個打折或蹺班。若說她做了什麼多餘的事情根本就是不可能，因爲夏思思的字典中本就沒有「做白工」這個詞語在!

看到敵方的人數愈來愈多，佛洛德皺了皺眉，忽然一揚手，道：「我正式拒絕勇者的要求，請各位離開吧!恕我不送了。」

隨著佛洛德唸出連串的咒文，空間隨即出現一陣強烈的波動。感受到空氣中的摺疊感，眾人雖心裡明白賢者想要把他們這些不速之客轟出家門，卻又只能眼睜睜地看著無法阻止。

一瞬間四周的家具、牆壁、景物迅速消失，觸目所及只剩下凌空飄盪的勇者一行人，以及魔力的發動者佛洛德本人。

「你就是佛洛德嗎？」忽然一聲叫喊傳來，即使在看到家裡有人守株待兔時仍舊沒有絲毫動搖的佛洛德，露出了掩不住的訝異，道：「龍王！」

看到對方那明顯認識自己的反應，諾頓立即放出青鳥，一陣強勁的烈風向賢者席捲而至，道：「可惡！怎能讓你逃掉！」

然而也不見佛洛德有任何防禦的動作，烈風總是在擊至男子身前時便倏地消失無蹤，男子就連衣角也沒有被吹動分毫。

眼看空間的扭曲益發強烈，就在眾人四周開始出現其他景物、而賢者的身影則開始淡薄之際，艾維斯忽然冷冷地，卻以所有人都能聽得清楚的音量說道：「開戰吧！」

佛洛德微微皺起了眉，沒有波動的雙眼一瞬也不瞬地緊盯著發言的青年。只見艾維斯忽然笑了，那是一個溫柔而無害的燦爛笑容，然而青年的眼神內卻是刀鋒似地冰冷銳利，道：「我們將以阿蒂爾城為據點，正式向閣下宣戰。」

沉重的壓迫感頓時以這兩人為中心蔓延開來，所有人都屏息以待北方賢者的答覆。

「可以。」淡淡地回答，佛洛德凝望著眼前那令人捉摸不透的青年，沉穩地道：「時間就定在雙月之日吧！」

「第三代神魔戰爭。」

□

眾人消失以後一直焦慮等待著的伊妮卡，看到戀人平安回來後才放鬆綳緊的神經，輕輕地吁了口氣。

然而，女子輕鬆的表情沒維持多久，便因佛洛德無比凝重的神情而再度擔憂不已。

「怎麼了嗎？佛洛德？」

嘆了口氣，男子輕輕握住愛人的手，道：「開戰了，就在下一個雙月之日。」

女子聞言後驚愕地瞪大了雙眸，良久，才幽幽地問：「是因爲我嗎？又是因爲我？」

「別多想了。」在對方的秀髮上落下一吻，佛洛德無奈卻又堅定地道：「即使沒有我們，這場仗終有一天還是要開打的。這是無可避免的命運，不是嗎？」

《懶散勇者物語・卷二》完

SIDE STORY
那一年，我的青鳥

艾莉把玩著飄浮於手掌正上方的液體，如清水般透澈的流水卻在陽光下帶有一絲銀光，在女孩的魔力下緩緩地變換著各種不規則的形態。

「可以了，休息一會兒吧！」學者們的話一出，女孩便把手微微一側，手上的液體隨即被玻璃瓶吸引著似地，自動滑入瓶中。

「現在祕銀的感覺還是太稀薄了，完全無法將它隨心所欲地變換形態。根本就無法於實戰使用嘛！」皺起那張有著點點雀斑的小臉，艾莉早已厭倦了這種沒有任何進展的狀況，率直地表達出內心的不滿。

「再忍耐一會兒吧！聽說今天研發祕銀的那位年輕賢者總算來到王城了，我想很快便會有進展的。」邊笑邊安撫地揉了揉女孩那棕色髮絲的女子瑪麗亞，既是負責照顧唯一祕銀合適者艾莉的保母，同時亦是研究鍊金術的學者，年約三十，是個娃娃臉女子，帶點科學家特有的古怪脾氣。

早已打算將人生奉獻給最愛的鍊金術，全心投入研究的瑪麗亞並沒有結婚生子的打算。對於暫住在研究所的艾莉，她簡直將其當作親生女兒般疼愛。雖在其他學者眼中，這名明明只有六歲幼齡、卻臭屁得不得了的小女孩實在與「可愛」二字沾不上邊，但艾莉在瑪麗亞的眼中，卻是她所自豪的女兒。或許艾莉之所以小小年紀便一副不討喜的大人相，與瑪麗亞那放縱式的教育也不無關係。

「終於願意來幫忙了嗎？名人果眞是很難請得動耶。」嘲諷地在說及「名人」二字時特別加重語氣，現在艾莉完全把大人所說的「不可愛」表露無遺，「白白浪費了我們這麼多時間，是名人的自尊心作祟，認爲要別人幾番邀請這才符合他大人物的派頭嗎？還是認爲讓我們多碰釘子，這才能突顯他優越的才幹？」

「小艾莉眞的很容易動氣呢！」視線從手中文獻轉至女孩那氣鼓鼓的臉，瑪麗亞鏡片後的棕眸閃爍著唯恐天下不亂的惡劣光芒，道：「可是妳向我這名善良老百姓抱怨也沒有用，要罵便去罵正主吧！聽說那位大人正借住在恩伯特博士府上。」

「咦！住在爺爺那兒嗎？」聞言，艾莉的雙眼立即亮了起來，道：「好！我去找他。」

看著女孩如她所願地向大門方向跑去，瑪麗亞再次把注意力放回文獻上。

聽說那名被稱爲「北方賢者」的少年才十歲，或許可以成爲身處大人堆中長大的艾莉的好朋友吧？想到那單單幾句話便被輕易操控的女孩，瑪麗亞不禁再次泛起笑容，果然小艾莉眞的好可愛啊……

□

還沒步進大門，艾莉才剛跑入庭院便看到她要罵的人了。

那是一名長得很漂亮的少年，漆黑的髮絲配上紫羅蘭色的雙眸，渾身散發著一種艾莉所沒有的知性及寧靜的氣質。少年看起來只有十歲左右，安靜地看著書本的他並沒有發現女孩走到身旁，拿著硬皮書的是很適合握筆的修長手指，正專注地把書緩緩地翻到下一頁。

不知爲何，艾莉滿身的氣焰在遇到少年時，竟彷彿被他那身沉靜的氣氛安撫了似地漸漸平息下來。很快地，小女孩便驚覺自己情緒上的變化，立即堆起冰冷的面具，居高臨下地看著坐在地上的少年，語氣硬邦邦地詢問：「你就是佛洛德嗎？」

雖然早就聽說被稱爲「北方賢者」的少年實際上很年輕，可是眼前的人也未免太年輕了吧？何況對方那身氣質並不像自己想像的那種惡劣的人，因此艾莉決定在開罵以前先確認一下眼前人的身分。

完全察覺不到女孩存在的少年，這才終於訝異地抬起埋首在書本上的頭。然後有別於艾莉那不友善的態度，他有禮地向女孩點了點頭道：「是的，妳是小艾莉對吧？我聽恩伯特博士提起過妳的事情。」

原來眞的是那個混蛋！想起這段時間她被迫使用著半調子的祕銀，卻始終徒勞無功地浪費了好幾個月的時間，女孩那剛熄滅的怒火便立即再次熊熊地燃燒，「你總算願意來幫忙了嗎？偉大的賢者大人。我們這些凡人眞是感動得要痛哭流淚了呢！天知道沒有你這名了不起的天才幫助，我們這些沒啥大不了的凡人多費了多少工夫及時間。請問賢者大人可以施捨一個理由給我這個可憐人嗎？」

一連串帶刺的搶白，艾莉說得沒有絲毫停頓喘息，聽得少年那被稱爲天才的聰明腦袋頓時出現難得一見的空白狀態。良久，大腦才再次重新運作，而總算理解了女孩怒氣的佛洛德不禁苦笑著道歉：「眞的很抱歉，讓妳不快了。」

聞言後仍舊在滔滔不絕責罵著的艾莉驚訝地停了下來。對方可是聞名全國並有著賢者封號的人耶，現在竟輕易地向她這名小小的女孩子低頭道歉。

只見佛洛德解釋道：「當收到王城學者們無法處理祕銀樣本的消息後，我本想要立即啓程的。只是北方卻出現水災，要想辦法鞏固早已殘破的水壩成了當務之急。雖說祕銀的開發也很重要，可是我認爲人民的性命應放在首位。爲大家帶來了麻煩，眞的很抱歉。」

「呃……唔……你不用道歉啦！其實……」不知內情便沒頭沒腦地痛罵了對方一頓，而得到的卻是少年眞誠的道歉，無論艾莉多強悍，此刻也免不了既尷尬又不知所措。她很想告訴少年之所以罵他，是因爲自己根本就不知道北方鬧水災這件事。可是要老實承認自己什麼都不知道便把別人罵個狗血淋頭，這對於只有六歲的小孩子來說實在是非常困難的事情。

感受到艾莉的尷尬，聰明的佛洛德大概也猜到眼前小女孩的怒氣因何而來了。於是在女孩解釋之前，少年便從手上的書本中抽出了一支他當作書籤使用、很漂亮的青色羽毛，並遞向眼前的小女孩，道：「道歉的禮物，這可是會帶來幸福的青鳥的羽毛喔！」

聽著對方那逗小孩子的語氣，艾莉不禁翻了翻白眼道：「拜託，我好歹也是科學家的孫女，這種騙小孩的話誰信呀？看不起人嗎？」

雖嘴上是這樣說，可是艾莉卻是一臉愛不釋手的表情把玩著手上那美麗的青羽，喜愛之情比言語更坦率地表達了出來。

幾乎是同一時間，佛洛德便肯定自己將會很疼愛眼前這名既率直卻又愛逞強的小女孩。微笑著闔上了手裡的書，少年拉起小女孩的手紳士地於手背上落下一吻，帶有笑意的紫色瞳孔猶如水晶般閃閃生輝，道：「這段時間請多指教了，祕銀的合適者，艾莉小姐。」

□

「進了！進了！我進了！」發出驚天動地的歡呼聲，又笑又跳地衝進研究室的十三歲少女，正是剛獲得聖騎士名號的艾莉。

沒有被少女的尖叫聲驚動，仍舊埋首於實驗中的瑪麗亞邊注目眼前幾種金屬在魔力下的合成變化，邊泛起喜悅的笑意，那是一種父母因女兒的優越而展現出的驕傲笑容。「妳現在已不能再抱怨佛洛德的出名了吧？據我所知，聖騎士團很久都沒有出現過如此年輕的成員了。」

「是三百年以來最年輕。」艾莉頭一揚，意氣風發地補充道：「看佛洛德那笨蛋還能不能再把我當作小孩子！」

「噗」地一笑，隨即懊惱地看著抖出的幾滴石英混合物就這樣子跌進了半完成的實驗物中，瑪麗亞那張戴著眼鏡的娃娃臉完全沒有因歲月而改變，臉上的神情依舊俏皮又精明，「也只有妳會把那名天才賢者稱爲笨蛋。何況即使成爲了聖騎士，妳還是個孩子呀！」

「拜託！佛洛德來王城的時候還不是只有十歲，你們卻對他畢恭畢敬的。這算什麼？男女歧視嗎？」

「是、是！艾莉大人最偉大了。我想佛洛德也很擔心結果吧？妳還是快點去把好消息告訴他好了。」女學者敷衍地說道，並揮著手像揮小狗似地想要把艾莉這名礙事者請離神聖的研究場所，以免手上的實驗再次被搞垮。

而當少女興沖沖地跑到賢者那位於宮殿附近、由布萊恩陛下所賜的宅第時，她恍惚地以爲自己回到了他們初次相遇的時候。

經過了七年的時光，當年的男孩已經成長爲修長英俊的少年。長期埋首學術研究以至佛洛德較同齡男性來得纖瘦，卻反而更是襯托出那身學者特有的書卷味，是一名有著懾人魅力的男性。

此刻佛洛德就像當年一樣倚坐於庭院大樹下翻閱著手中的書籍，紫羅蘭色的瞳孔在樹蔭下變成了迷幻的暗紫。而他更是像當年般，專心得沒能察覺早已站在身旁好一陣子的艾莉。直至一張聖騎士的入團通知信從天而降，他才訝異地抬頭看向逆光的少女。

「我還以爲你會爲我擔心，結果一收到通知信我便來告訴你了。想不到賢者大人竟在悠閒地看書，似乎是我太自作多情了呢！」艾莉俯視地上的青年，微慍的語氣徹底表達出她的不滿。

然而佛洛德卻沒有被她話中的怒氣嚇倒，反而笑了起來，道：「別裝了，妳是在笑著，對吧？小艾莉。」

「你又知道？這個位置你應該因逆光而看不清我的表情吧？」被佛洛德輕易識

破，艾莉不滿地瞇起了雙眼。

輕笑著闔上書本站起，看到少女的嘴角果然掛著掩不住的笑容，佛洛德的笑意就更深了，道：「妳想我們認識多少年了？對妳這種程度的認知我還是有的。而且的確如妳所說，我對結果並不擔憂。」這次變成是身材較高的青年俯視著艾莉道：「因為我知道妳一定會成功的。」

聞言少女再也無法掩飾心中的喜悅大大地笑開了，那一臉的神采飛揚表達出她此刻有多麼幸福。

「說起來，今早恩伯特博士來找過我了。」佛洛德一臉漫不經心地說道，並打趣地看著少女的反應，「他說妳是個好女孩，問我有沒有興趣與妳交往看看。」

抬頭凝視著青年，艾莉說得很認真，「可以呀！三十年後我還是嫁不出去的話。」

而青年的表情，則是比少女更認真嚴肅地點頭附和道：「我想也是。」

瞬間，兩名表情異常認真的人忽然忍俊不住地大聲笑了起來。

他們的關係很親厚，是玩伴、是朋友、是知己、是親人，卻偏偏就是不涉及絲毫的男女之情。然而恩伯特與瑪麗亞就是千方百計想撮合他們兩人，這種狀況實在令他們哭笑不得。

拜託！是誰說日久必會生情的？那絕對是歪理！

大爆笑持續良久，艾莉這才停止了笑聲痛苦地喘息著道：「真是拿他們沒辦法。咦！這是什麼？好漂亮！」少女小心翼翼地在青年的衣領上拿起的，是一支漆黑的羽毛。

「昨天遇上了一隻受傷的小鳥，大概是那個時候黏上去的吧？」

「有那麼巨型的鳥兒嗎？」少女目不轉睛地看著手中那足有手掌長度的黑羽。

「……是很特別的品種，所以我帶了回家想養養看。這支羽毛妳喜歡的話便送給妳好了。」

「才不要呢！又不是青羽，黑色的無法替我帶來幸福呀！」艾莉以開玩笑的語氣把羽毛交回佛洛德手中。

青年不禁失笑道：「妳那時候不是說過不相信的嗎？」

黑色的鳥兒並不是青鳥，不會爲人們帶來美好的幸福。想不到她的無心之言，在往後將成爲事實。

□

於一片火光焰影中，她凝望著佛洛德的臉。那是她十分熟悉的人，紫羅蘭色的雙眼，還有高貴典雅的黑髮。

那應該是多年來她朝夕相伴的人。

可是她卻茫然。

如果這是佛洛德，那她記憶中那個對她總是笑得無奈卻溫柔的人是誰？那個眼裡總是包容並且盈滿暖意的人又是誰？那個身爲賢者、卻善良慈悲得甚至有些軟弱溫呑的人究竟是誰？

此刻，那個人正以冷冽的眼神凝望著自己，沒有溫暖的笑容，她從沒想過青年竟能散發出如此強大的肅殺之氣，道：「放開她！艾莉。妳是我最好的朋友，我不希望傷害妳。」

「我是你最好的朋友，那她呢？」沒有鬆開手中的祕銀，化爲利刃的祕銀所刺穿的是魔族少女的漆黑羽翼。而青年就是爲了她，不顧一切地把王城化爲火海。

「我不知道。」遠方佛洛德那垂下的髮絲令少女無法看清他的表情，卻不知爲什麼，她有一種青年正在忍耐著強烈痛苦，並幾乎快要哭出來的感覺，道：「因爲太重要了，所以我不知道。」

「重要得要爲她而放棄所有嗎？」

「我心甘情願。」

最後，身爲聖騎士的少女無聲地放下了刺傷魔物的手，任由陪伴她成長的青鳥帶著他的摯愛沒入黑暗中。

那一年，她十五歲。

〈那一年，我的青鳥〉完

後記

各位好~很高興能夠與大家在《懶散勇者物語》第二集中見面！

這一年的2月3日是個值得紀念的日子，因爲我終於能夠與身處台灣的大家見面了!!（激動）

台灣的讀者們很熱情呢！多謝大家的支持與參與，各位所送的信件與小禮物我也會好好保全的！另外，當天的工作人員也辛苦了，謝謝各位的照顧！

書展時有幾名讀者給我的印象比較難忘的，兩名年紀最小的可愛小弟弟與小妹妹、一名cosplay銀時的男讀者（這套漫畫我也有看耶！）、一些曾在網絡上交談的讀者、以及一名替孩子排隊拿簽名的母親！

最後一位給我的印象最深刻，這位媽媽眞的好好、好偉大喔！各位讀者要好好孝順父母啊！

這一次是我首次來到台灣，短短的五天旅程卻已經經歷了很多事情。到達中正紀念堂才得知由於維修以及舉行盆菜宴所以無法內進、想去參觀的台灣故事館結業了、西門町的４Ｄ戲院也不見了、在西門町被陌生的男生搭訕、在動物園遇上一星期一次的少車日、到貓空那天正好纜車休息、在九份回程的時候遇上勞工臥軌抗爭被困火車兩小時多……

雖然出現不少意外，但整個旅程還是非常愉快。台灣人很熱情友善，這一次旅程讓我喜歡上台灣這個地方。

現在正計畫著與朋友到嘉義的阿里山觀光，希望到時候能一切順利吧！

最近我正處於水深火熱之中，因爲爸爸、媽媽整整兩個月都會在澳洲渡假！所以這兩個月下班後我還要做家務、偶爾煮東西吃（我的腸胃沒有思思好，兩個月都吃即食麵會死人的……）、照顧家裡所有小動物與花花草草、還要抽時間打文，實在是非常非常充實（忙碌）的生活啊！

最近益發覺得時間愈來愈不夠用了！

基本上下班回到家裡也八時多了，因此只能弄一些簡單的食物，再不然就是吃飯盒。從未與爸媽分離那麼久，有點想念媽媽的飯菜了。

所以……媽媽！我要手信！我要無尾熊！我要小袋鼠!!（唯一想到在澳洲想要的兩樣東西XD）

□

故事來到第二集，北方賢者佛洛德與他的黑翼小姐伊妮卡終於正式登場了！

雖然他們站在與勇者敵對的一方，可是我滿喜歡這兩個角色的。另外，安朵娜特公主與葛列格在這一集也有驚人的新進展，祝賀公主殿下找到一個能夠整治管束她的人啊！

說起來在第一集出版時，出現了一個讓我哭笑不得的誤會，就是很多讀者也把夏思思這個主角誤認為男性了！

雖然這麼說有點不好意思，不過大家現在把第一集拿出來，然後把焦點放在思思的胸部吧！（咳）

所以思思她不是男的，不過她的打扮的確是很中性化就是了。但沒關係！因爲在第二集裡思思有難得盛裝出席的戲分，穿禮服的思思耶！一定很漂亮吧？

最近天氣正處於冷熱交替的詭異變化中，明明前兩天還很溫暖的，今天卻忽然氣溫驟降。公司裡有很多同事都病了，各位也請小心身體喔！

那麼，我們在第三集再見！

香草

【下集預告】

懶散勇者物語 *vol.3*

獲妖精邀請進入金色的妖精原野，
夏思思與奈伊在母樹的影響下看到一個殘酷的未來。
困難的二選一，少女該如何抉擇？

瑪麗亞見證了艾莉與佛洛德的相識與分離，
從她口中，思思等人知悉了艾莉的過去、賢者叛離的原因、
以及黑翼小姐伊妮卡的眞正身分！
那是一個由無數巧合所拼湊而成的悲劇……

卷3 妖精母樹．敬請期待～～

國家圖書館出版品預行編目資料

懶散勇者物語 / 香草 著.——初版. ——台北市：
魔豆文化出版：蓋亞文化發行，2013.04
冊； 公分.
ISBN 978-986-5987-16-9（第2冊；平裝）

857.7 101026390

fresh FS036

懶散勇者物語 vol.2

作者 / 香草
插畫 / 天藍 封面設計 / 克里斯
出版社 / 魔豆文化有限公司
地址◎ 台北市103赤峰街41巷7號1樓
電話◎（02）25585438 傳真◎（02）25585439
網址◎ www.gaeabooks.com.tw
部落格◎ gaeabooks.pixnet.net/blog
電子信箱◎ gaea@gaeabooks.com.tw
投稿信箱◎ editor@gaeabooks.com.tw
郵撥帳號◎ 19769541 戶名：蓋亞文化有限公司
發行 / 蓋亞文化有限公司
法律顧問 / 宇達經貿法律事務所
總經銷 / 聯合發行股份有限公司
地址◎ 新北市新店區寶橋路二三五巷六弄六號二樓
電話◎（02）29178022 傳真◎（02）29156275
港澳地區 / 一代匯集
地址◎ 九龍旺角塘尾道64號龍駒企業大廈10樓B&D室
電話◎（852）2783-8102 傳真◎（852）2396-0050
初版四刷 / 2017年11月
定價 / 新台幣 180 元
Printed in Taiwan

ISBN / 978-986-5987-16-9

FS036

懶散勇者物語 *vol.2*

魔豆文化　讀者迴響

感謝您在茫茫書海中選擇了魔豆，您的支持是我們最大的動力。
不要缺席喔，讓我們一起乘著夢想的羽翼，穿越時空遨遊天地！

姓名：　　性別：□男□女　　出生日期：　年　月　日

聯絡電話：　　手機：

學歷：□小學□國中□高中□大學□研究所　　職業：

E-mail：　　（請正確填寫）

通訊地址：□□□

本書購自：　　縣市　　書店

何處得知本書消息：□逛書店□親友推薦□DM廣告□網路□雜誌報導

是否購買過魔豆其他書籍：□是，書名：　　□否，首次購買

購買本書的動機是：□封面很吸引人□書名取得很讚□喜歡作者□價格便宜□其他

是否參加過魔豆所舉辦的活動：
□有，參加過　　場　　□無，因爲

喜歡出版社製作什麼樣的贈品：
□書卡□文具用品□衣服□作者簽名□海報□無所謂□其他：

您對本書的意見：
◎內容／□滿意□尚可□待改進　　◎編輯／□滿意□尚可□待改進
◎封面設計／□滿意□尚可□待改進　　◎定價／□滿意□尚可□待改進

推薦好友，讓他們一起分享出版訊息，享有購書優惠
1.姓名：　　e-mail：
2.姓名：　　e-mail：

其他建議：

◎請沿虛線對折，裝訂後寄出

◎請沿虛線剪下 對摺 裝訂後寄回

廣告回信 郵資免付
台北郵局登記證
台北廣字第675號

魔豆文化有限公司　收

103 台北市赤峰街41巷7號1樓

魔豆

魔豆